世界上最棒的地方就在這裡

EL MEJOR LUGAR DEL MUNDO ES AQUÍ MISMO

Francesc Miralles & Care Santos

法蘭西斯科．米拉雷斯&凱莉．桑多絲 ———著

葉淑吟 ———譯

獻給珊卓・布魯那，妳總是那般美好。

不可忘記用愛心接待旅客，因為曾有接待旅客的，
不知不覺就接待了天使。

——《希伯來書》第十三章第二節

不要為事情結束落淚，要為它曾經發生而歡欣。

——布達奇安（L. E. Bourdakian）

目錄

PART 1 **魔術師的六張桌子** 013

PART 2 人生的滴答聲 117

PART 1

魔術師的六張桌子

失去夢想的天空下

禮拜天下午通常不是個下決定的好時機，尤其是在一月，城市的天空往往烏雲罩頂，掩去了夢想。

伊莉絲在電視機前吃完一個人的午餐後出門。父母車禍身亡前，她從不認為找個伴有什麼重要，或許是因為她的害羞無可救藥。在這之前，她以為活到了三十六歲，只談過一次沒得到回應的柏拉圖式戀愛，以及幾次約會都不了了之，那是正常的狀況。

然而，自從可怕的意外降臨後，一切完全改變。在保險公司當客服的乏味日子，已經再也無法從週末享受天倫之樂中得到調解。現在她形單影隻，更糟糕的是，她無法再作夢。

曾經有一段時間，伊莉絲能想像各式各樣的故事，增添人生的意義。比方說，她想像自己在非政府組織工作，在那兒有個跟她一樣靦腆的志工愛上她，默默地向她承諾永恆不變的愛。他們透過只有彼此才懂的密碼互傳情詩，故意拖延投入對方懷抱的神聖時刻。

那個禮拜天，她第一次發現自己連想像也使不上力了。收拾完桌子，關掉電視，一種令人窒息的靜謐盤據了她小小的公寓。她感覺呼吸困難，於是打開窗戶，映入眼簾的卻是灰蒙蒙的天空，不見鳥兒的蹤跡。

走在街道上，一種沮喪的感覺包圍著她。她沒有目的地，但儘管如此，她有種預感，某個可怕的東西正虎視眈眈，想把她拖下深淵。

伊莉絲住的社區每到禮拜天一定空無人煙，恰似她內心的落寞空虛。不知道為什麼，她像個機器人走向一座天橋，而橋下是往來郊區的火車。

她望著下面的鐵軌，油亮亮的彷彿結痂的傷口，一陣颯颯冷風吹亂她的頭髮。伊莉絲瞄了手錶一眼：下午五點。往北邊行駛的火車馬上要經過了。禮拜天每個小時有一班車。

她知道火車抵達前三秒，整座天橋會像是遇到一場小地震般抖動不停。就是這一刻，這一刻是往下跳，隨著地心引力的力量下墜的絕佳時機。她會短暫飛翔，接著撞上列車，最後掉落地面。

一切會在眨眼間結束。比起一輩子活在苦澀和幻滅之中，一瞬間的痛是什麼滋味呢？

她只要想起所有得做的事，就悲從中來。不知道為什麼，想到自己對火車旅客造成困擾，也覺得難受。在她失去生命氣息的屍體等待法官和法醫抵達之前，火車勢必要暫停行駛好一陣子。幸好禮拜天的搭車乘客不多，他們也不趕時間。她感到安慰地想，這起事故不會讓他們錯失重要的約會。

她想著想著，天橋開始震動，她感覺身體自然而然往前。她閉上雙眼，正準備一躍而下，背後卻突然傳來一聲爆裂，讓她停下了動作。

伊莉絲轉過身，一顆心還因為驚嚇而撲通撲通跳著，然後她看見了一個大概六歲大的小男孩。他剛剛刺破氣球嚇她，一隻手還拿著破掉的氣球殘留物。接著他輕輕地一笑，丟下她，沿著街道往下跑去。

她的視線跟隨著他的身影，同時感覺脖子後面和雙手都冒出冷汗。她想追過去抓住他，但是她不是要責罵，而是想抱住他，因為他救了她一命。

在她還沒能追上去之前，一個體態豐腴的女人從街角出現，頂著一張脹紅的臉叫他——

「安傑！」

小男孩加快腳步撲向媽媽的懷抱，然後猶豫地瞅了伊莉絲一眼，彷彿害怕她會跟媽媽告狀他的調皮搗蛋。

可是這根本不是伊莉絲的意思。她只是哭個不停，因為她發現自己差點做出傻事。

當眼淚終於停止潰堤，她突然注意到街角有間咖啡館，雖然她經常經過那裡，卻從來沒發現。

「應該是新開的吧？」她喃喃自語，儘管咖啡館的外觀並不符合她的猜測。

如果不是咖啡館有一種獨特的氛圍，或許就會類似那種千篇一律的愛爾蘭酒館。令人詫異的是，在禮拜天的這個時段，裡頭竟然高朋滿座，而兩盞昏黃的電燈，照亮一張張簡陋的桌子。

但是最引她注意的是門口點亮的招牌，燈光一閃一閃，彷彿故意要吸引她的注意力。伊莉絲停下腳步片刻，低聲唸出——

「世界上最棒的地方就在這裡。」

飄過的雲朵

對一間咖啡館來說，這樣的店名未免太長也太奇怪了。或許因為這樣——她天生是個好奇寶寶，於是決定進去一探究竟。當她踏進大門那一刻，沒有任何客人抬起頭看她，似乎沒人注意到她闖進來。

只有一個站在吧臺後面的男子送上一抹微笑，歡迎她的光臨。那男子幾乎算是個老人，他頂著一頭濃密的白髮。

裡面有六張桌子，其中五張已經坐滿，不是成對，就是一群朋友，他們壓低聲音聊天，接近呢喃的音量，讓人根本聽不清楚他們在聊些什麼。

社區的這一帶，會經過的通常都是同樣那幾個人，因此當伊莉絲發現她壓根兒不認識咖啡館裡的半個客人時，她感到非常吃驚。這一刻，她青少女時期最愛的一首披頭四老歌響起——

最後，你付出多少愛，就會得到多少愛……

她杵在原地一會兒，聆聽那首歌，腦中湧現遙遠甜蜜的回憶。接著她打算離開，但是那個吧臺後的白髮男子卻對她打了個手勢，表示她可以到那張空桌子前坐下來。

伊莉絲不敢回絕他。

彷彿聽了歌，就不得不消費，於是她乖乖地在桌邊坐下來，並且點了一杯熱巧克力。

披頭四那首鼓舞人的歌曲之後，緊接著的是李歐納·柯恩（Leonard Cohen）令人哀傷的歌曲：**我是妳的男人**（I'm Your Man）。

當伊莉絲端起熱巧克力到唇邊時，她突然覺得心情好多了。她感覺在這間咖啡館裡低聲交談的陌生人是歡迎自己的。

她曾在雜誌上讀過，這位來自魁北克的創作型歌手曾在禪寺擔任廚師，她眯起眼睛，在回到現實之前，她在內心默默地翻譯這首歌，歌詞大概是這個意思：如果妳需要醫生，我會檢查妳身體的每一吋。如果妳需要司機，現在就可以上車。或者如果妳想要帶我去散步，妳知道妳可以，因為……

「……我是妳的男人。」

伊莉絲嚇了一跳，連忙睜開閉起的雙眼。

她以為自己是在腦海中聽到這個低沉的男生聲音，但其實是有個男人出現在她的桌邊，與她對坐。對方正好奇地打量她，兩隻手背撐著下巴。

他應該跟她差不多年紀，雖然皮膚緊實、沒有一絲皺紋，但一頭灰髮卻讓他的年紀看起來大了一些。

她對自己說，她應該要要求他立刻離開。依照基本禮貌，儘管咖啡館內沒有空位，但想要共桌也應該要她點頭答應。然而，在這麼做之前，她忍不住訝異地開口問——

「你怎麼知道？」

「……妳在翻譯歌曲？」他用方才她閉上眼睛時聽到的同樣嗓音說道。「在這間咖啡館，在這張桌子旁，這是正常的事。」

伊莉絲愣住幾秒，才又繼續問——

「你說的是什麼意思？」

但她隨即後悔沒用敬稱。不過不知怎麼地，這個男人給她信任感，彷佛他並不完全是個陌生人。

「我們在一個非常特別的地方。」他指向吧臺。「咖啡館老闆不是個普通人。」

她保持安靜，讓他繼續說下去。陌生男子再壓低一點聲音解釋——

「他是個魔術師，而且是頂尖的。他也是個平凡人，人生成功，但幾年前已經退休。」

「魔術師？」她問。

「對。正統派的魔術師。但他也幫妳煮熱巧克力。」

伊莉絲詫異不已，視線不自覺地搜索吧臺，只見那個白髮男人點點頭，露出微笑，肯定他的評論。她再一次仔細觀察他。他忙著擦乾好幾排玻璃杯，但是他有個非常特別的地方：儘管他正忙著那樣的粗活，伊莉絲發現他的動作並不像個老先生，彷彿他的身體留住了年輕時最佳的體態。他有種頹廢卻又不凡的氣質，一如出現在舊時照片裡的美男子。

灰髮年輕人繼續解釋——

「如果主人特別，咖啡館一定也是。每張桌子都有它不可思議的特性。」

「什麼不可思議的特性？」

「應該說有一點魔力吧。」

伊莉絲覺得這陌生人在捉弄她，就像大人哄騙小朋友一樣。她注意到他的拇指套著戒指。她只認識一個會把戒指戴在拇指上的人——她的爸爸。因為這個不尋常的原因，她突然覺得自在多了。還有，她想要這個略帶外國口音的男子捉弄她。

「哦？真的嗎？那麼我們坐的這張桌子也有魔力？」她問。

「坐在我位置的人能猜透坐在妳那個位置的人的心思。所以，我知道妳正在翻譯李歐納的歌曲。」

「胡說八道。」她拿出不知從哪兒來的自信說：「你應該是讀出我正在低哼的嘴唇的動作，假裝聰明吧？」

「想不想再試試？」他往後靠著椅背，興味盎然地頂回去。「讓我來告訴妳：現在妳正在想，妳從沒在這個社區看過我。妳問自己我從哪裡來，在這裡做什麼，雖然我會講妳的語言，卻不是妳熟悉的口音。」

沒錯，伊莉絲認識所有鄰居，而且他一開口就洩漏了外國口音。這只是合理推測，不是什麼魔力。然而，為了不讓他失望，她決定拿出她在新聞系學過的最高明一招：千萬別讓真相阻礙妳編一篇精采的故事。

她思索了幾秒。這一切可能只是情場高手的伎倆。

「當然，我也知道戒指的事。」這時他說。

「什麼戒指？」她問道，嘴巴張得開開的，感覺心跳加速。

「我知道戒指讓妳想起某個心愛的人。妳問自己，我除了戴的戒指，是不是還有其他地方像他？我也知道那個人前陣子永遠地離開了，妳因此非常難過。」

伊莉絲強裝鎮定，緩緩地啜飲巧克力，然後再回答——

「所以，我得小心腦袋瓜裡在想什麼囉？」

「我沒那樣說。妳知道嗎？想法本身沒有所謂的好與壞。」

「什麼意思？」

「根據學者指出，我們每天會產生大概六種想法。有積極的和消極的，無關緊要的和仔細考慮的，但沒有必要因此評斷。想法就像飄過天空的雲朵，我們應該為自己的行為負責，但不必為想法負責。因此，當妳因為某個想法而憂心忡忡，就貼上『想法』這個標籤，讓它過去吧。」

這個傢伙的口才還不賴。伊莉絲對自己說，並好奇他是不是真的能讀她腦子裡的東西。

「讓我來回答妳剛才想的問題。」他繼續說：「妳猜對了，我不是這個社區的人，也不是這個國家的人。有時，我甚至懷疑自己不是這個星球的人，我只是在某個遙遠的世界發生意外，墜落在這裡。因為撞擊力道太過強烈，我忘記自己從哪裡來。我要揭開謎底，就得等待我的太空船來接我。」

伊莉絲聽著他的話，忍不住在內心暗暗地笑開。如果他打算搭訕，倒是用對招數——他在這一刻已經博得了她的好感。

「至少你知道自己的名字吧？」她說。

「我叫盧卡。」

「這是義大利名字，就像你帶著義大利的口音。」她回答，但還沒告訴他她的名字。「還有住在其他星球的義大利人嗎？」

「什麼事都是有可能的。」他說，並露出悲傷的微笑。「但是坦白跟妳說，我不在乎，我只在乎現在跟妳在這間咖啡館裡。」

伊莉絲嘆口氣，然後大聲地說出咖啡館的名字——

「世界上最棒的地方就在這裡。」

尋覓大愛的小狗

禮拜天下午的奇遇，讓伊莉絲展開新的一個禮拜時，嘴角多了一絲笑意。突然間，她不再覺得在保險公司接客服電話是悲慘的命運。她非常習慣總是回答同樣的問題，只能講同樣的話，但是腦子裡想著其他事。

這天早上，當她細細回憶跟盧卡在那間出其不意出現的咖啡館共度的午後，她覺得時間似乎過得比平常還快。這份工作雖然無趣，倒也有不可思議的地方。有個東西，許久以前就令伊莉絲訝異，那就是「沒有電話鈴響的綠洲」，長達好幾個小時不停打來客訴的電話，突然間莫名地安靜下來，彷彿有個天使經過。

這個綠洲時間最多持續兩分鐘，之後螢幕會恢復閃爍，申訴電話再一次像洪水般湧進來。

伊莉絲跟平常一樣，利用這一段從震耳欲聾的嘈雜聲中擠出來的喘息時間，翻翻其中一份在大家桌上傳來傳去的免費報紙。她總是從後面往前翻，先看影視和運動類版面。讀完社會版標題後，她停在其中一頁底部，好奇心被挑起。

這隻等待領養的狗兒照片底下有一組電話號碼，而照片勾起她愉快的回憶。這隻狗跟許多年前她認識的一隻混種狗模樣相似。當時她在山中的一間青年旅館度過了這輩子最美好的週末。

她感謝這張啟事中的狗勾起她已經遺忘的回憶，於是她在短暫的綠洲時間閉上眼，試著重溫那段美好時光。

＊＊＊

伊莉絲當時十六歲，跟著學校同學參加為期四天的冰天雪地之旅。她在凌晨三點，爬上一輛載滿雪橇、雪靴的長途巴士，每個人都興奮得睡不著。

她不會滑雪，但深深地渴望能認識雪。她曾經見過一次自己居住的城市覆蓋了一層薄薄的白雪，但是來不及積成厚雪。這應該是她第一次旅行到一片銀色世界。

她愛冬天的景色，不過她的初次滑雪體驗很快就結束了。當時，她循著初學者的基礎滑雪路線往下滑，失足摔跤，整張臉撲在雪上，並扭傷了一邊腳踝。伊莉絲在那片潔白無瑕的雪地上，看見一抹橘色的身影，飛快回轉，迅速來到她的身邊。

那位雪地救援人員年紀大約二十歲出頭。他彎下腰，問她狀況如何？這一刻，伊莉絲知道她對這個臉型有點寬的大男孩有好感。他脫掉她的雪靴，輕輕地舉起她冷冷的腳，謹慎地轉一轉。當他聽見伊莉絲發出一聲痛苦的哀號，便對她說——

「我想妳摔斷腳踝了。」

接著，他抱起她，帶她到雪道下方的盡頭，那邊有個急救站。伊莉絲感覺自己恍若被白馬王子抱在懷裡的公主，儘管對方穿的是橘色衣服。抵達下面，她已經愛上了這位救援人員。

她拒絕回家讓城市的醫生看診，她的同學都嚇了一跳。她寧願剩下的日子都躺在旅舍的床上，腳踝只塗抹消炎藥和用簡單的紗布包紮。

隔天吃完早餐後，她的同學都扛著雪杖和雪橇出門，直到下午才回來。伊莉絲雖然幾乎不能移動，難以忍受的疼痛像是閃電般消失又出現，她卻覺得自己快樂得發抖。因為奧利佛——那個救援人員的名字——保證中午會帶一碗湯和剛出爐的麵包，來探視她。

這個探訪很短，但是她非常感動地記在心坎裡。難道這就像是小王子對狐狸說的，快樂是因為能夠等待牠？

他們之間沒擦出特別的火花，那名救援人員保持禮貌的距離，加上他不擅言詞，但是伊莉絲把他的舉動當作濃濃的愛。

第二天中午，他穿著橘色風衣出現在門口，手裡端著湯碗，他的後面跟著一隻非常像她剛剛在啟事中看到的小狗。小動物奔向伊莉絲的床，爬上她的膝蓋，然後用力甩動抖落身體上的雪，發生啪啦巨響。

奧利佛看到她全身覆蓋白雪，倒抽了一口氣，想要揮手趕跑小狗。

「拜託，請不要這樣。」她哀求他，「讓牠留下來一會兒，牠快凍僵了！」

這個救援男孩打趣地看著小狗驕傲地縮在保護牠的人的膝上。

「真是隻會討好人的狗。」牠的主人笑著說：「再過兩個小時，等我工作完後再來接牠。皮諾夫，乖一點！」他補了一句，然後關上門離去。

伊莉絲計謀得逞：奧利佛會再來接他的狗。此時狗兒閉上眼睛，發出小小的呻吟聲，想要睡覺。想起狗兒後，她幾乎聞到了牠身上溼漉漉的氣味充滿整個房間。

一抹笨拙的影子出現在辦公室，把伊莉絲拉回現實，所有的電話再一次閃爍。

「妳怎麼了？」輪班的組長責備她，「沒看到打進來的電話嗎？」

往事桌

太陽下山了。伊莉絲回家後，有一股渴望，想到前一天下午發現的咖啡館。經過一天漫長的工作，她開始懷疑自己是否真的去過那裡。不過是短短二十四個小時，她已經覺得那個回憶是如此不可思議、如此遙遠。倘若那只是她的夢呢？

走到街角，她不禁驚嘆那獨特的招牌「世界上最棒的地方就在這裡」依舊一明一暗閃著，彷彿熬過漫長痛苦的一生，此刻正苟延殘喘最後僅存的時光，隨時可能熄滅。這天下午，氣溫陡降，落地窗蒙上一層霧氣。

與此同時，伊莉絲舉起手，擦淨部分玻璃，心思再一次飄回青少女時期的那座滑雪站，那個救援男孩和他的狗。是不是那個冬季的回憶讓四周環境的氣溫下降更多？不是聽說，蝴蝶在香港揮動翅膀，可能會引起紐約遭逢颶風襲擊？如果回憶也是一種揮動翅膀，即使輕柔，也可能影響現實的生活？

「現在別太哲學。」她警告自己，鼻子貼上冰冷的玻璃，想看看有誰在咖啡館裡頭。不過她失望了，裡面空無一人，連吧臺後那位有頭濃密白髮的魔術師都不見蹤影。就在這一刻，她的頭上傳來一聲爆裂，把她嚇得半死。

過了一會兒，她才明白印上咖啡館名字的招牌完全壞掉了。裡面的燈管完全暗下。她沒看到店裡頭有什麼打算修理熄滅招牌的動靜，她猜，可能就是沒營業吧？

當她正打算轉身離開，店門打開了，魔術師的白髮在昏暗中顯得閃亮。

「怎麼不進來？」他用陰鬱的口吻問：「在外面會凍成冰棒。」

「但是停電了！」

「是停電了沒錯，可是會恢復。進來，我帶著妳走。」

說完這句話，他從口袋中掏出一把小型的扁身手電筒，像是從前電影院引座員拿的那種。他照亮咖啡館中央的一張桌子。她坐下來以後，魔術師便鑽進吧臺後面一間應該是充作儲藏室的小房間，失去了蹤影。當他關上門，四周再一次陷入黑暗。

伊莉絲不懂自己待在一間黑漆漆的空咖啡館裡頭做什麼。此外，這裡的靜謐就跟漆黑一樣絕對。她只聽見秒針微弱的腳步聲，從聲音的方向判斷，她猜是牆上的那個老時鐘。

她想大聲問魔術師門口在哪裡，跟他說她現在想走了，但是那根秒針的滴答聲，似乎將她催眠了。

突然間，一個熟悉的嗓音在她面前響起——

「滴答、滴答……」

「盧卡？」伊莉絲嚇了一跳，問道：「是你嗎？」

「不，我是時鐘。」那個帶著輕微義大利口音的嗓音回答，「妳沒聽見嗎？滴答、滴答、滴答……」

「別鬧了。」她抗議。「難道沒人跟你說過你的行為很幼稚嗎？」

「黑暗讓我們變回孩子。就連最勇敢的人置身漆黑，也會不自覺地尋找母親的手。請妳聽聽那個時鐘。」

伊莉絲手足無措，只能專注聽著秒針的滴答聲，而對方則安靜地陪著她。

「乍看像是個再普通也不過的時鐘，但實際上並不是。」盧卡繼續說。

「怎麼說？」

「這是個神奇的時鐘，指針是往後倒退的，尋找遺忘的時光。」

「當然囉，跟這裡的一切一樣。」伊莉絲用帶點嘲諷的口吻回答，「我猜我們坐的是魔術師最愛的一張桌子。所以魔術伎倆是什麼？我提醒你，在黑暗中變魔術一點也不有趣。」

「剛好相反。」盧卡說，「對於一個魔術師來說，這才是最高境界，因為黑暗會曝光一切。」

「可是我什麼也沒看到。」她抗議。

「這就是過往。過往無所不在，但是我們看不見。因此，我們無法輕易地擺脫過往。我們像是一艘動彈不得的船，船錨牢牢地扎進深處。這意味我們無法拔起船錨，繼續朝我們的方向前進。」

「我沒有什麼方向。我不知道該往哪裡航行，也不知道是什麼絆住自己。」伊莉絲老實說，「我也無法告訴你，我從哪裡來。那我要怎麼拔起船錨呢？」

「或許這張桌子能教妳怎麼做吧！」

「這是一張往事桌？」

「妳可以這樣稱呼它。它能幫妳找回妳以為遺忘的過往。如果能夠找回，妳就會找到船錨。其實妳根本不需要拔起船錨，妳只需要砍斷把妳跟過去綁在一起的繩索，接下來就交給人生的風來處理。」

「不要再講船了。你想不想知道一點有趣的東西？」伊莉絲說著，突然間她感覺在黑暗中變得自在。「我今天剛好想起一段往事。不是什麼重要的回憶，但是重溫一遍，讓我非常快樂。」

「妳若是覺得快樂，那絕對是重要的。當我們埋葬快樂時光，就等於告別那個最棒的自己。一個人可能會忘掉很多事物，但是那些時光會永遠留在心中。」

「據說，記憶必須擺脫回憶，才能再存放新的點點滴滴。」她說，

「但別再大談理論了。我想試試，看這張桌子能不能找回遺忘的回憶。讓我開開眼界吧！」

說完這句話，伊莉絲感覺有個東西或是有個人輕輕地摩擦她的頸項。她愣住半晌，不知該說些什麼。她猜那可能是她的神祕客人，於是問他——

「是你嗎？」

盧卡沒有回答。她聽見身後傳來椅子移動的聲音，接著是遠處一聲咳嗽，還有幾乎聽不見的低喃。

「為什麼不回答？」

就在這一刻，電來了，燈光亮起。

伊莉絲訝異地發現咖啡館中竟然高朋滿座，彷彿直到剛才為止，大家被要求要保持絕對低調，而燈光一來，大家說話的聲音轉為大聲。魔術師再一次出現在吧臺後面，正忙著準備飲料。

而盧卡卻消失了。他起身離去之前，在桌子中央擺了一個小小的直立包裹，還經過仔細包裝。上面黏了一張貼紙，印著這樣一句話——

袖珍型心理醫師

伊莉絲看到這個怪異的禮物，忍不住嘴角上揚。這鐵定是個惡作劇，怎麼可能有個十公分高、四公分寬的心理醫師呢？

當她正要拆開包裹，揭開謎底，她看見一群穿著禮服和打領結的老先生緊盯著她看。她的視線掃過咖啡館其他地方，詫異地發現所有顧客都身著禮服，一舉一動都符合從前時代的禮節。

這時，她想起盧卡在黑暗中消失前曾說：「過往無所不在，但是我們看不見。」

偷偷地觀察後，她發現她不認識半個坐在這間咖啡館桌子邊的人。

伊莉絲站起來，她想在獨處時打開這個特別的禮物。她把包裹放進外套口袋，揮揮手跟魔術師道別，而對方正忙得暈頭轉向，招待這一群熬夜不睡的顧客。

但是在她打開門離開之前，咖啡館老闆走到門口，停在她的面前問她——

「妳不喝點東西？今天有幾樣東西特價，回饋我們的顧客。」他用嚴肅的口吻說道。

「當然要，不過不是在這裡。」伊莉絲鼓起勇氣說，「我要回家，喝一口過去的回憶。」

「好吧。」男子回答，「過去跟未來只有一步之遙。禪宗說，不存在的是現在。」

「怎麼說？」

「讓我來舉個簡單的例子：妳剛剛的問題已經過去，而我要回答妳的話還在未來。當妳聽到回答，就變成了過去，未來在其他事情之上移動。並沒有任何時間叫現在。我們是從過去前進到未來，未來再一次變成過去。這就是人生！」

「那麼，照您這麼說……」她囁嚅，「沒有任何事情是發生在現在？」

魔術師思索了幾秒，用謎般的語氣回答她——

「嗯，的確有些是。有些東西特別算是屬於現在。」

「哪些呢？」

魔術師像是思索了一秒，並摸了摸假想的鬍子。突然間，所有的顧客停止交談，全都安靜地盯著他們。燈光似乎變得不一樣了，照在他們倆位置的比較亮一些。這間咖啡館在眨眼之間變成小型的表演廳，魔術師與他的助手正在演出令人驚奇的魔術伎倆。

「魔術發生在現在。」男子說道，他的目光閃爍著一抹亮光。

「我不相信魔術。」伊莉絲回答。

「我知道了……」他停頓了好一會兒，然後繼續說：「我注意到妳的外套有口袋。」

伊莉絲不知所措地點點頭。

「妳記得裡面放了什麼？」

伊莉絲微微地蹙眉。

「我剛剛把一個朋友的禮物放進口袋，可是──」

魔術師打斷她的話──

「妳介意告訴在場的先生女士們，妳到這裡的時候，口袋裡放了哪些東西嗎？」

就在這一刻，伊莉絲發現自己變成一大群客人注目的焦點。她感覺有些不好意思，但是她拿出克服害羞的力量，繼續參與遊戲。

「我放了家裡鑰匙、幾枚錢幣和幾顆糖。」她說。

「還有呢？仔細想一想。」

伊莉絲點點頭，她十分確定。

「妳現在可以確定一下口袋裡有什麼嗎？從右邊口袋開始。」

伊莉絲依照魔術師的指示，掏出鑰匙，拿給大家看。正如她所說的，她也帶了四顆用彩紙包裝的糖果和兩枚硬幣，以及盧卡剛剛送她的袖珍型心理醫師的包裹。

「如果我說，妳的另一個口袋放著妳這輩子最重要的時光，妳會怎麼回答我？」

伊莉絲不知道該怎麼回答這麼怪的問題。她非常訝異，把手伸進另一個口袋，發現裡面不是空的。裡面有個沉甸甸的東西，硬硬的，她從來沒看過。那是一個古老的懷錶，有著金色的外殼和象牙材質的錶面。指針正好停在十二點整。這個東西在多年以前應該是個昂貴的物品，但此刻，它的指針已經生鏽腐蝕，停止走動。

觀眾看到那個物品，不禁露出詫異的表情。

「這個錶是在場哪位客人的嗎？」魔術師對著觀眾問。

沒人回答。

「那麼，顯然是妳需要這個錶。」他補充，並壓低聲音繼續說：「我知道今天妳坐在往事桌。」

「但是我沒想起什麼忘記的事呀！」

「這張桌子就是這樣。」魔術師笑著解釋。「效果會晚一點出現。我們在未來見面吧！不要忘記看錶！它會幫助妳了解時間。」

說完這句話，魔術師回到神情專注的觀眾身上，提高聲音再一次對他們說——

「請各位不要吝嗇給予我今天的助手掌聲。」

伊莉絲露出微笑，不自在地接受如雷的歡呼聲，急忙離開咖啡館。

這個地方遠比她想像的還要不可思議。

袖珍型心理醫師

回到家裡，伊莉絲把披薩放進烤箱，接著用不同的目光打量她從小住到大的家。正如同盧卡所說，到處都是能勾起過去的物品，勾起隨著父母過世而中斷的過去。除了家庭相片外，物品也在敘述著永遠不可能返回的時光和地點。

她脫掉外套，問自己是不是該拔起船錨，搬到其他公寓，擺脫這些滿載的情感，會容易一些。在新的住處，她可以選擇應該長伴身邊的回憶。

想著想著，她的思緒回到那則從報紙剪下的令人好奇的廣告——

尋覓大愛的小狗

她笑著凝視這則啟事，再看一遍長得真像皮諾夫的小狗。驀地，她有股衝動想撥打上面的電話。

電話響三聲後，另一頭傳來一個女人平靜的聲音。她告訴伊莉絲，他們是城外一間流浪動物之家。

「您要認養狗？或者想來參觀我們的流浪動物之家？」親切的女士問。

伊莉絲開始對自己打了這通電話感到害羞。

「啟事上頭的那隻小狗，跟我還很小的時候認識的狗長得一模一樣。我想帶牠回家。」她說著，訝異自己吐出的話。

聽到這些話，女士發出輕輕的笑聲，然後回答——

「恐怕不可能。我們沒有那樣的狗。那只是刊登啟事用的插畫。」

「我懂了。」她回答，語氣流露失望。

「可是，我們有其他正在尋找大愛的小狗。如果您願意來看，我會非常樂意介紹。」

「我會考慮。」伊莉絲掛上電話前保證。

她把披薩從烤箱拿出來，切塊，然後端到桌上。當她咬下一口，她發現她忙著狗的事，忘了盧卡的禮物。於是她從包包拿出袖珍型心理醫師，帶著感動的心情，回到客廳。不管這是什麼禮物，都證明盧卡的確存在，而且想過她。

當她拆開禮物，看到裡面是一張迷你橡膠椅和一個扮作心理醫師的沙漏，嚇了一跳。盒子上寫著：**袖珍心理醫師，八月不會去度假！**

接著她讀了盒子的反面——

> **每個人都曾考慮接受心理治療。可是，為什麼要奉送一大筆錢給心理醫師？其實我們家裡就有一個，而且隨時都能在我們需要的時候，傾聽我們的內心話。**

她心想，或許盧卡是在取笑她吧？同時她從盒子裡拿出一張圖，上面指示該怎麼使用袖珍心理醫師，進行五分鐘的迷你看診，也就是細沙從一頭滑落到另外一頭所需的時間。

「讓我們來探索過去吧。」倒放沙漏之前，伊莉絲說，「可是我只想要找回美好的時光，其他時光就讓它永遠地埋在過去。」

說完，她咬了一口披薩，然後找來一張紙和一支筆，這時她把沙漏倒過來，讓治療師的臉在上面。她利用這段時間，把所有被日常生活的例行事務掩埋的難忘回憶都寫下來。

我永遠都不該忘記的事

- 徹夜等待三寶王到來（以及如何在清晨七點衝到飯桌旁拆禮物）。
- 第一次騎腳踏車兜風，不再摔跤。

● 跟爸爸媽媽到突尼西亞旅行。他們告訴我，我在回程時因為想留下來住那裡，因而在機場哭鬧。
● 在學校走廊上被班上最醜的男生偷走初吻。
● 奧利佛跟皮諾夫。
● 讓我喜極而泣的一部劇情峰迴路轉的電影。
● 某次露營遇到的情人，他很會抱人（可惜沒繼續發展下去）。
● 當我在荷蘭時，某人送的鬱金香開花的那一剎那。

寫到這裡，袖珍心理醫師已經結束聽診，因為沙子都堆在下面的空間。這是個短暫但是非常有用的治療。伊莉絲眼眶溼潤。

「明天見，醫生。」她告別。

最糟糕的也是最好的

那個禮拜二，伊莉絲決定休假一天。自從父母過世後，她沒休過一天假，因此，她對自己說，到街上隨意逛逛，對她來說會很不錯的，可惜當班組長卻不這麼想。

「我們內部規定很清楚。」他提醒她，「請假要提前一個月通知。」

「這是不可抗拒的原因。」伊莉絲邊說，邊努力忍住笑意，「我得完成領養手續。」

於是組長的口吻從訝異轉為好奇。

「妳要領養？當單親媽媽？是男孩還是女孩？」

「還不知道。我只知道我要領養的是一隻狗。」

接著她掛上電話，知道剛才的舉動可能會害自己捲鋪蓋走人，或最輕微的話，公司會記她警告處分。但是在這一刻，她覺得這是最無關緊要的小事。

她拿起流浪動物之家刊登的啟事——她在背面記下住址，決定出發之前先繞去咖啡館晃晃。這是她第三天每天都到「世界上最棒的地方就在這裡」報到，但是卻是第一次挑早上時間過去。

儘管咖啡館這個時間是有營業的，她卻疑惑盧卡是否會在那裡。她猜應該不在，因為他也得工作吧！她想起他說他是義大利人，可是她對他其實還一無所知。

而她想知道。

這一天天清氣朗，因此她緩緩踱步，享受冬季和煦的陽光。當她越過底下火車穿梭的天橋，她忍不住打了個冷顫。不過是三天前，她差點在這裡結束一切。這輩子，她從未遭遇從那一刻起發生的劇烈改變，當她打消告別世界的念頭後，她因此認識了神奇咖啡館。而此刻，她打算領養小狗。

「人生總有不可思議的轉折。」她喃喃說道，並繼續路程，不再回頭看。

咖啡館已經開門營業，裡頭飄出的熱巧克力和剛炸好的薯片香氣，喚醒了伊莉絲的胃口。她的心情非常好。

她下定決心，推開門。這時，那位魔術師正拿著溼抹布在擦拭吧臺。她認出裡頭的客人，有幾個曾在幾天前看過。跟第一天她上門時一樣，當她找張桌子準備坐下，並沒有人注意到她。

但她沒遲疑太久要選哪張桌子，因為盧卡正坐在靠牆的一張桌子等她。伊莉絲感覺心裡頭小鹿亂撞，她已經好幾十年不曾有過這種感受。

這位義大利青年抬起頭，對她一笑，同時拿著一根小湯匙攪拌杯子，杯中的熱巧克力散發出的香氣彷彿包圍了整個空間。他的面前還有另外一杯一樣的飲料，和滿滿一盤正等著她的蛋糕。

「你知道我會來？」伊莉絲問道。

盧卡沒回答，只是露出微笑當作回應。這時，一首她喜愛的歌響起。這麼久以來，她第一次確定自己在對的時刻出現在對的地點。她不想要待在除了這裡以外的地方。這就叫快樂嗎？而這間咖啡館可叫作「世界上最棒的地方就在這裡」。

伊莉絲坐下來，注意聽著妃絲特（Feist）的歌曲的第一段，她是目前非常炙手可熱的加拿大歌手——

祕密的心

你是什麼做的？

你這麼怕，是怕什麼？

「所以？」她問他：「今天的桌子有什麼魔力？」

回答之前，盧卡端起熱巧克力到唇邊。當他啜飲第一口時，伊莉絲忍不住讚嘆他的冷靜，搭配高領海軍藍毛衣以及灰色頭髮，讓他有一種波西米亞風的貴族氣息。

接著他把杯子放在杯盤上，開口解釋——

「這是這裡最有療癒功能的桌子。」

「怎麼說？」伊莉絲問道，這時咖啡館主人已經幫她端來熱呼呼的巧克力。

「因為這張桌子會教我們在黑暗中尋找光明。當妳坐在桌子旁，妳會明白有時遇到的最糟糕的事，卻可能是最幸運的事。」

她再一次想起那座火車在底下穿梭的天橋，那顆被刺破的氣球，以及發現了咖啡館。然而，她假裝聽不懂。她喜歡盧卡耐心地跟她講話，這能讓她感覺回到小時候，爸爸講故事哄她睡覺的那一刻。

「一年前，我讀過一篇有關這種情形的文章。」他繼續說，「有個日本作家說了一個在日俄戰爭期間，發生在一位他們國家將領身上的故事。這位軍官遭俄國人俘虜，被丟到一口井裡，他又冷又渴，只能在漆黑中等待死亡降臨。但是他在絕望當中，每天都會遇到美妙的事。」

「我無法想像在井底會有什麼美妙的事發生。」她說。

「這個男人即使瀕臨絕境，每天依舊收到禮物。當日正當中，太陽升高到井的上方，陽光會照進井底幾分鐘。這位軍官形容那就像是一瞬間希望綻放。」

「那他後來怎麼了？」

「幾天後，他被同伴救上來，翻轉命運，救回他的人生。然而，戰爭結束後許多年，那位軍官還記得那次意外，覺得感懷。」

伊莉絲把蛋糕浸在濃厚的熱巧克力裡，把蛋糕塞進嘴巴之前，她說——

「我不懂，怎麼會有人對這麼可怕的遭遇覺得感懷？」

「妳說到重點了！」盧卡興致勃勃，伸出手蓋在伊莉絲的手上面，而她真希望他能一直把手放在她的手背上呀。「正因為他經歷過最絕望的處境，對他來說，那道陽光彷彿是種榮耀，是打氣。儘管軍官在戰後重新建立他的人生，他卻認為自己無法再感覺在井底時，那幾分鐘的萬丈光芒帶來的快樂。」

「這是個好故事。」伊莉絲說，並感覺心跳加速。

「就跟人生一樣真實。這個故事教我們有關幸福的事：只有曾經經歷大起大落人生的人，能強烈感覺所謂的快樂，因為這是一種對比的遊戲。情感總是平靜無波，永遠不會知道什麼是人生的真諦。這口井給的教訓是：有時得要觸底，方能明白天空的偉大。」

「你說話像個詩人呢。你是詩人嗎？我對你還一無所知。」

「我只是說出別人說過的話。」他謙虛地回答，「而且，這張桌子承載希望。」

伊莉絲對盧卡一笑，用指腹搓揉他的手。

「何不告訴我一些有關你人生的事？太不公平了，你知道那麼多有關我的事，我卻——」

可是盧卡似乎沒聽見她的話。他打斷她，並說——

「我是這間咖啡館的常客，讓我來給妳出作業。」他突然說，「我希望妳在這張桌子前檢視妳這輩子最糟糕的過往，想想從這些事中得到的最好的東西。」

「我希望我是個用功的學生。」

「妳已經是了，但是在開始之前，妳應該先去吧臺跟魔術師要一個東西。」

「跟魔術師要？」

「對。我已經知道你們成了好朋友。」盧卡露出微笑，這時伊莉絲想起前一天下午的事，不禁臉紅起來。「我真希望也在場欣賞那場懷錶魔術秀。妳知道妳是個幸運兒嗎？那位老先生已經很久不表演了。」

「那真的是很特別的表演……」伊莉絲囁嚅，並翻找外套口袋裡的錶。「雖然他送我的懷錶非常古怪。我想這個錶可以說是在走動，但同時又沒走動。」

她把懷錶放在桌上。指針還是停在十二點整，一如前一天下午，但是卻發出微弱的滴答聲。只有把耳朵貼在錶面才聽得見聲音，這意謂裡面某個東西還是繼續運轉。

「真不可思議。」盧卡專注地聆聽。「或許這個懷錶的任務不是報告時間。」

接著他抬起頭，提醒她——

「魔術師在等妳。」

伊莉絲發現魔術師露出微笑。盧卡於是總結——

「他要給妳好消息。」

「好消息？」

「去找他。」他只這樣說，並輕輕地在伊莉絲手上印下一吻，然後才鬆開。

她走向吧臺，感覺輕飄飄的，走路不著地。但是在跟他要盧卡告訴她的東西前，她覺得應該先感謝前一天下午的事。

「我想再看您表演魔術。」她說，「昨天的表演精采絕倫。」

「不可能囉。」他回答，慢條斯理地將高腳杯擦亮，彷彿他擁有全世界的時間。

「為什麼？」

「妳知道魔術的祕密是什麼嗎？」魔術師問道，突然間停下動作。

「不知道。」

「時機。每一種魔術都有一個對的時間點，我能預感何時出現，比如昨天的魔術。妳知道為什麼嗎？」

伊莉絲聳聳肩。

「妳想得到嗎？如果沒有任何預感就不值得表演。對了，妳發現昨天出現在口袋裡的東西了吧？」

「懷錶。」

「不對。」

伊莉絲不知道自己該不該微笑回應。魔術師一臉嚴肅，但同時又滑稽，是很讓人訝異的組合。

「那麼，是什麼才對？」她問。

「這應該由妳自己來發現。如果我沒搞錯的話，現在我應該給妳看某樣東西，對吧？」魔術師把掛在酒瓶之間的一幅畫拿下來，遞給伊莉絲，要她就近看清楚。

她看著他手中的畫，畫框是靛色的，上面有一張泛黃的剪報，內容是一則兒童故事。

好消息

永遠不要忘記：所有的感覺都可能反轉。不幸，是高興之前的一種磨練。

這是個好消息。

當你感覺寂寞時，你會發現有人陪伴，是多麼幸福。

這是個好消息。

你要先經歷痛苦，才能明白快樂能讓你忘掉痛苦，有多麼可貴。

這是個好消息。

所以永遠不要害怕悲傷、寂寞或痛苦。這只是通向快樂、愛情和平靜的磨練。

這些都是好消息。

伊莉絲把畫還給魔術師，陷入沉思。回到希望桌時，她發現盧卡已經不見蹤影了。

她將手伸進口袋，感覺懷錶還在裡面，撫平了她焦躁的情緒。她不是很懂，但是學會了捺著性子。她只發現一件事：短短一天內——也就是前一天，兩位特別的男士送給她兩支錶。

當幸福的狗舔你的手

伊莉絲離開咖啡館後，已經開始渴望與盧卡的下次見面。她無可救藥地愛上了他，為此，她感到害怕，畢竟這種感覺好久不曾出現了。而她談的其他戀愛最後也沒有開花結果。

到目前為止，愛情對她來說只像是急急忙忙地攀登一段崎嶇的山路，路上沒有任何東西或是任何人在旁支持。她不想要再有同樣的經歷。另一方面，她感覺自己跟盧卡像是跨過一道看不見的邊界，再也無法回頭。她突然無法想像不再光臨那間神奇咖啡館，或是不再跟他聊天。

儘管如此，她還是無所適從。她是不是太害羞了？她該不該踏出一步，暗示他？伊莉絲聽過她的女同事說，他這個年紀的男人沒什麼耐心，如果吸引他們的女人不主動一點，會讓他們轉而投向其他懷抱。

莫非盧卡只是個情場騙子？為什麼他從不像大多數的男人一樣聊聊自己？

伊莉絲想著想著，已經抵達城外的流浪動物之家，小狗就是在這裡尋找大愛的。

漫天的吠叫聲和撲上金屬柵欄的撞擊聲，讓她知道遭棄養的小狗相當多。但依照門可羅雀的狀況來看，訪客寥寥可數。

她按下電鈴，內心疑惑著有關流浪動物之家的傳聞是不是真的：短暫飼養牠們過後——最多幾個禮拜，就得撲殺沒人要的狗。

這個可怕的想法，在她見到那位接電話的女人之後煙消雲散。她是個慈眉善目的七十幾歲老太太。

「妳就是在找那隻小狗的女生？」她問。

伊莉絲點點頭，老太太便帶著她穿過關著發狂似的狗兒的籠子，抵達流浪動物之家收容較小體型的狗兒的區域，遠離幾隻毛髮稀疏的獅子狗和一些似乎有攻擊性的混種狗。最後她停在一座籠子前，裡面關著一隻短腿小狗。小狗有一身摻雜黑色斑點的白色毛髮。其中一塊斑點蓋住一隻眼睛，讓牠看起來像是海盜。

這正是牠的名字，她聽見老太太在彎腰撫摸牠的嘴巴時，這麼叫牠。

「哈囉，海盜。」

小狗奮力地搖著尾巴，短短的腿兒抓著欄杆。

「跟啟事上的狗兒長得差不多。」伊莉絲說，並讓海盜隔著欄杆舔她的手指。

當她沉醉在狗兒的笨拙和牠的魅力之中時，她想起青少女時期一句印在房間海報上的話：當狗兒舔我的手，真不知道該怎麼給牠戴項圈，抓緊這偶然乍臨的陌生幸福。

「真巧，牠是今天早上來到這裡的。」老太太說，「至於那張告示上的小狗，是我們的獸醫在一個月前畫的。妳待會兒就能認識他。」

伊莉絲決定領養這隻叫「海盜」的小狗。老太太要求她填寫幾份文件，此外，跟她收取小狗寄宿流浪動物之家的費用。接著她要伊莉絲坐下來，等她去找獸醫，獸醫會給她小狗預防針接種的紀錄和指示。

伊莉絲在迷你的辦公室等了兩分鐘，外頭傳來狗叫大合唱——有高音也有低音，但那些狗沒有海盜的運氣。

這時大門打開，伊莉絲簡直不敢相信自己的眼睛。那獸醫竟然是她多年前的舊識。儘管他的體態稍微發福，頭也都禿光了，但那抹大大的笑容卻錯不了——他是奧利佛。

愛的回音

「你不覺得不可思議嗎？居然能在二十多年後重逢，他就這樣出現在那裡。」伊莉絲跟盧卡說完前一天下午的插曲後，這樣問他。

義大利人好奇地看著她，這時落日最後一絲餘暉照進已亮起暈黃燈光的咖啡館。一如前幾天，館內的客人談天說地，氣氛很是熱烈，但音量壓得很低，完全聽不到隔壁桌在聊些什麼。

伊莉絲在等待盧卡的回答時，凝視裝飾著咖啡館門口的老舊金屬看板，這一次，他們就坐在門口旁邊。在此之前，她還沒注意到這個東西。

帶著悲傷進來，抱著快樂離開。

一開始，她覺得這句話有點狂妄，雖然說在這間咖啡館內的確上演著小小的奇蹟。

「仔細想想，妳會發現要解釋狗跟那位救援人員的事不難。」他分析，「告示上的小狗吸引妳，是因為像極了青澀的妳曾經認識的一隻可愛小狗。」

「傳奇皮諾夫。」伊莉絲說。

「不然的話，妳應該不會看到。」盧卡繼續說，「一方面，奧利佛畫的正是當救援人員時的最忠誠夥伴，對他來說，這隻小狗就代表了狗。看到沒？這不是什麼巧合。」

「我不懂你這些話的意思。」

「我的意思是，運氣掌控世界，遠比我們想像的還要深。我跟妳解釋了，妳是怎麼與少女時代的柏拉圖愛情重逢，但是有個比妳重新見到流浪動物之家的那個傢伙還要有趣的東西。」

「哦？什麼東西？」

「重要的是知道妳為什麼是在這個時候遇到他，而不是比方說五年或十年前。」

伊莉絲移開視線，看向盧卡那雙經過仔細保養的修長的手。他的手靜靜地擺在桌上，任憑那杯熱巧克力變涼。她希望那雙手別愣在那裡，而是伸向她的手，但是謹慎的他只是忙著大談他的理論——

「妳在人生的這個時間點與奧利佛重逢，是要解決某個懸而未決的東西。」

「這句話是在暗示什麼？」伊莉絲問，並啜飲她的杯中飲料。

「運氣是神祕的，但是也有智慧。如果它安排救援人員出現在妳的人生道路上，一定是因為某個理由。或許現在換妳來救他！」

聽到盧卡打算把她推向奧利佛的懷抱，她可一點也不開心。此刻，她愛上了他，她根本不想要重新回到那段沒結果的青澀初戀。

「忘掉那個獸醫吧。」伊莉絲語氣堅決地說：「或許當時的我覺得雪中的意外、熱湯等等非常浪漫，但是回想會讓我覺得悲傷。現在的我早已不再是那個青少女。」

「為什麼？」盧卡打趣地問。

「當時，同班女同學一個派對玩過一個派對，每晚都有情人陪伴，只有我像個傻瓜一樣在等待白馬王子出現。我逃避現實，沉醉在自己的夢裡，因為我從不懂得爭取自己想要的東西。」

「……直到現在為止。」他接著說，「妳在十六歲時不敢追求愛情，所以現在人生給妳第二次機會，讓妳能有所改進。妳不覺得躍躍欲試嗎？」

伊莉絲氣炸了。她無法忍受這個奪去她的心的人，此刻想把她推給半途的隨便一個人。

「請不要生氣。」他求她，「妳不可以在這裡生氣。我們現在坐的桌子叫原諒。」

「我沒有生氣，也沒必要原諒任何人。」她回答，但她不懂也不開心。

「或許吧，不過我認為妳忘記原諒自己。」

「原諒自己？為什麼這樣說？」

「妳一直為自己曾放棄或做不好的事難過，彷彿這樣的舉動現在還能有什麼作用。為什麼不原諒自己，接受自己在每一刻已經盡了最大的努力？人需要進步。人生不只是玩樂，還要做點什麼！」

「你怎麼像個導師在訓話。」伊莉絲指責他，「我看不到這張桌子有什麼原諒的魔力。」

「妳很快就會知道。」盧卡說著，並露出神祕的微笑。「妳聽過一隻說『我愛你』的鸚鵡的故事嗎？」

伊莉絲搖搖頭，接著她啜飲一口熱巧克力，等待盧卡開口說故事。她喜歡這個故事的名字。

「這是我在一本小兒科醫生的書上看到的，那本書主要是給孩子唱歌和哄睡。故事是這樣的……

「主角是個叫貝翠絲的小女孩，她沒有媽媽，爸爸老是出門工作。她的爸爸在媽媽過世之後，個性變得冷漠，疏忽對女兒的照顧，小女孩於是悲傷又孤僻。她在學校有個外號叫『怪胎』，因為她從不跟同學一起玩遊戲。

「每天早晨，她都跟爸爸一起默默地吃早餐，她的爸爸看完新聞後，就急急忙忙出門上班。他非常晚才下班，回到家時，貝翠絲已經睡著。

「小女孩會問自己爸爸愛不愛她，或者她是不是意外來到這個世界。她不原諒爸爸從不抱她，從不親她，也不跟她說些甜言蜜語。她想，爸爸是不是跟她一樣太害羞，或者他只在乎她有沒有做功課，或有沒有帶早餐的三明治出門。

「貝翠絲的每一天一成不變，直到有一天早上，一隻鸚鵡出現在她房間的曬衣繩上。既然鸚鵡光臨他們家，小女孩就要求爸爸讓牠留下來。她的爸爸雖然冷漠，倒也關懷孩子，於是他急忙去買了個鳥籠，好讓女兒把鸚鵡留在房間。鸚鵡也開始學著不停講小女孩放學回家教牠的話。

「然而，有一天鸚鵡做了一件不可思議的事。當貝翠絲一早睜開雙眼，鸚鵡對她說：『我愛妳！』小女孩嚇了一大跳，她以為鸚鵡是從哪個鄰居收看的電視肥皂劇中聽來的。

「隔天早上，鸚鵡又說了一遍：『我愛妳！』她覺得奇怪，因為她很確定自己沒教牠這句話。

「到了第三天，當鸚鵡又說：『我愛妳！』貝翠絲開始調查。她覺得奇怪，而且鸚鵡只在早上說愛她，一天下來的其他時間只重複說著小女孩慢慢教牠說的東西。

「那天早上，貝翠絲趁爸爸出發到辦公室前，跑去跟他說這個謎團，想知道他能不能想到什麼解釋。她的爸爸唯一的回應是大發雷霆，然後拿起公事包急忙出門上班。突然間，貝翠絲恍然大悟，開始落下眼淚，但她是因為喜極而泣。她懂了鸚鵡每天早上說的是前一天夜裡聽到的話，是她爸爸進入她房間，對著睡著的她說的話。」

兒童市集

回到家，伊莉絲發現她住的那棟公寓門廊前亮著淡淡的燈光。她走近一看，發現兩盞鐘形玻璃燈照亮了一個小市集，擺攤的人是住在同一棟公寓的孩子。兩張老舊的地毯上陳列著電子玩具、玩偶、模型汽車，甚至還有唱片。

她彎下腰，一邊看著貨品，一邊問她面前的小小賣家——

「你們怎麼這個時間還在街上？」

有個住在她家樓上的雀斑小男孩，用非常認真的口吻回答——

「我們的爸爸媽媽答應讓我們擺攤到晚上九點，然後我們要收拾東西，準備上床睡覺。」

「這真是個非常棒的點子。」伊莉絲笑著回答，「可是禮拜六早上擺攤不是比較好嗎？會有比較多的小孩從這裡經過。」

「這是夜市。」住在同棟公寓的一個胖嘟嘟小女孩解釋，「我們會在每個月的第一個禮拜三和禮拜四擺攤，從放學回到家後一直擺攤到晚上九點。」

伊莉絲的視線再一次掃過貨品，接著她看到一個小紙箱，裡頭有找零的兩枚硬幣。接著她問——

「你們賣了很多東西嗎？」

小女孩的目光回到其他兩個夥伴身上，但他們只是聳聳肩，不知該回答什麼。

「我要跟你們買這張唱片。」她對他們說，並從地毯上拿起一張滾石合唱團的舊專輯。「怎麼會拿來這裡賣？」

「我爸爸有兩張一樣的。」剛剛第一個開口的小男孩解釋道。她馬上問了價錢，但孩子們啞口無言。他們低聲討論了一會兒，小女孩代表大家說了一個非常低的價錢。這個賣價，最多只夠買幾個零嘴。儘管如此，當這幾個夜市擺攤的小老闆從伊莉絲手中接下硬幣時，全都掩不住臉上的欣喜。

回到家裡，海盜上前迎接她，踩著短腿兒似乎辨不到的跳躍步伐。她播放那張專輯裡頭她最愛的一首歌。

黃昏降臨
我坐下來看小孩玩耍
看他們做我以前做過
卻以為是新鮮的事

我坐下來看
淚水滑下了臉頰……

真是有趣，她感覺歌詞的意境，就像她剛剛經歷的場景。她彷彿買的是專屬自己的配樂原聲帶。

海盜蹦蹦跳跳好幾圈，最後跳上沙發找牠的項圈，咬著回到她身邊。伊莉絲穿回外套，準備帶她的小小朋友出門夜間散步，再回來準備晚餐。

當她出門那一刻，她喃喃自語其實她沒有自以為的那麼孤單。她在「世界上最棒的地方就在這裡」咖啡館裡有個神祕的朋友在等待她，而從現在開始，在家裡還有隻一起分享生活的小狗在守候她。

在跨出門口之前，電話響起，伊莉絲只得拉住海盜，但狗兒興高采烈，差點害她失去重心跌倒。她詫異的是，打電話來的人是奧利佛，他像個孩子一樣，直白地說出他的來意——

「明天晚上可以見妳嗎？」

真是個大膽的邀約，她目瞪口呆，花了一點時間反應：

「海盜還需要打預防針？總之，這個時間似乎不太——」

「我想見的不是海盜。」他打斷她的話，「我想見的是妳。我想邀妳共進晚餐。」

這正中盧卡的預測，看來，現在是她得對奧利佛伸出援手的時候。她偏偏想跟盧卡唱反調，所以她斬釘截鐵地回答——

「抱歉，沒辦法。」

「那麼，改天吧。」

「拜託你不要堅持，此外，我覺得你擅自記下領養人的電話，搭訕她，這樣一點也不妥。」

吐出這句話，伊莉絲驚訝地發現自己竟然說出這些字眼。她覺得自己實在對他太冷酷，便補充了一句——

「或許我們改天喝杯咖啡吧，你也可以順便跟海盜打個招呼。」

「一定。」

「我是說『或許』。」

「我喜歡這兩個字。」奧利佛說。經過這些年的洗禮，他的口才似乎變好了。「這意味什麼都可能發生。」

這個出其不意的對話結束後，伊莉絲任憑海盜拖著自己到街上，而夜市的幾個小老闆也暫時丟下他們的攤位，過來撫摸小狗。

她再一次看著露營瓦斯燈下的貨品，腦子中忽然有個主意。她問大家——

「你們收不收捐贈的東西來擺攤？」

「什麼意思？」胖嘟嘟的小女孩問。

「我是說，我可以給你們我不需要的東西，讓你們來賣。」

雀斑小男孩放下海盜，回答——

「好啊。我們會分妳一半賣掉的錢……如果真的有賣掉的話。」

「不用。」伊莉絲回答，「其實，是我請你們幫忙清掉東西呢。」

俳句

當她第五天踏進魔法咖啡館，盧卡已經在裡面等她。這時，他正拿著一個鐵製濾壺，把綠色液體倒進一個沒有握把的杯子裡，桌上沒有熱巧克力。

盧卡看見她來，用非常慢的速度開始倒第二杯。流出的液體沖進瓷杯底部，發出非常輕柔舒服的聲音，彷彿潺潺的泉水。

伊莉絲雙手捧著茶杯取暖，並問眼前臨時扮演的茶藝大師——

「這張桌子是給喝茶儀式用的嗎？」

「不完全是。」盧卡回答，深吸一口茶的芳香。「記住，每張桌子有各自的魔法。因此，除了喝幾杯綠茶外，我們還要等其他東西。」

「今天是什麼魔法在等我們？」她問道，雙手擺在老舊的木頭桌面上。

「這張桌子能把坐下來的人變成詩人。」

盧卡的口吻是那樣嚴肅，逗得伊莉絲差點笑出來。然而，她不想破壞這個從她人生最低潮的那個禮拜天開始的有趣遊戲，所以她忍住了。

「那如果我本來就是詩人呢？」她問，想要挑釁他。

「這是問題的癥結點。每個人生來都是詩人，可是大多數人都忘了。這張桌子會喚醒這個特質，這跟吃、喝或睡覺一樣是非常基本的需求。」

「或親吻。」

話一出口，伊莉絲立刻後悔了。她內心的渴望，在「意識的我」來得及攔下之前，被「無意識的我」背叛。然而，她的桌友似乎不覺得有什麼好大驚小怪的。

「事實上，詩就是親吻人生。我們的身邊或許圍繞著美麗的事物，但是彼此若是沒有互動，關係就是疏遠的。這就像情侶為彼此興奮，能讓欲望加溫，美麗的事物也需要得到讚許，才能綻放全部的芬芳。」

「我不懂你的意思。你剛說的跟這張桌子有什麼關係？」

他伸出食指和中指敲敲桌面，恍若那是宣布自己要發言的輕柔鼓聲。

「我們會繼續談下去。這張桌子將是妳學習俳句的學術殿堂。妳知道什麼是俳句嗎？」

她還沒來得及回答，盧卡便從外套口袋拿出一張迷你紙片和一支筆。他動作輕柔，把這兩樣東西擺在伊莉絲的旁邊。接著他再一次提起茶壺，將杯子注滿茶水。

「我知道那是日本詩詞，或者類似的東西。」她回答，「這張紙片是不是太小了？根本沒辦法寫什麼在上面！」

「差不多是名片大小。」

「沒錯。這麼小，你以為能寫些什麼？」

盧卡像是預先知道她會這麼問，所以他回答——

「妳知道有個知名的美國投資家說過的話？當有人問他，決定投資某個計畫前該注意什麼，他回答：『我不相信任何無法在名片背後寫完的想法。』這句話的意思是，當一個想法需要長篇大論來解釋，可能不會是個好計畫。」

「精闢的見解。可是這跟詩有什麼關係呢？」

「有關，但並不是完全有關。俳句，也是一種生活藝術，正是以最少來表達最多。一般而言，人們做的卻是相反。所以，我們有時候覺得生活沉重。」

「什麼意思？」

「明明只是雞毛蒜皮的小事，卻要花費很多字句、很多方式、很多時間。寫俳句能讓我們學會將世界的美淬鍊到最單純。懂得掌握這一門藝術的人，就能品嘗生活的每一刻，彷彿享用一頓佳肴。」

「聽起來好難。你要我在上面寫什麼？」她看著紙筆說：「我連怎麼寫一首俳句都不懂。」

盧卡彷彿也早料到會有這種反應，他跟魔術師交換眼神，後者放下吧臺的工作，到架子上選了一張唱片。找到唱片後，他把唱片放進播放機裡，緩慢的鋼琴前奏隨即響起。

伊莉絲曾聽過這首來自《早場情歌》（Matinée）專輯的憂傷歌曲，但在此之前，她並沒有注意過歌詞的意思：

如果你想學俳句

請坐下

人生往往出乎意料
如果你想要，拿起筆和白紙
你的雙手
也可以是一張或者兩張畫布

當鋼琴的音符在咖啡館裡跳躍，伊莉絲對自己說，既然盧卡給她這張紙片，就不需要寫在掌心。問題是要寫什麼。

答案就在那首旋律古怪的歌裡。這時，歌手唱著——

現在，捕捉一幅畫面、一個場景，和一種感覺
寫出三行字
你只需要用這些來描述

感覺所有事物在同一條河裡流動
你的人生
是你凝結的一滴雨

這堂音樂課完全結束後，俳句創作即將開始。伊莉絲在歌曲最後的合唱響起時，不禁問自己，她不想要他失望的話，該寫什麼呢？

盧卡應該是注意到了她的擔心，原本正端起杯子到唇邊，卻停在半途，並說道——

「妳現在什麼都不必寫。這張桌子在邀請妳成為詩人，妳只需要跟著感覺走，俳句自然會出現。」

「我覺得沒那麼簡單。」她坦白說，「我知道自己想傳達什麼，但是不知道要用什麼方式。我想說的是：我戀愛了。」

義大利人聽到這件事的反應平靜，伊莉絲不禁感到失望。她多希望他能問她愛上誰，這樣一來，她就能告白，一股腦兒傾訴一天比一天難以壓抑的所有感覺。然而，盧卡只是安靜地對她微笑，彷彿他在乎的只有她要在紙片上寫下三句短詩。

伊莉絲嘆了一口氣——

「好吧，我來試試寫俳句。」

加分與減分

當伊莉絲帶著海盜在晚餐前散步時，她發現有種酸甜的感覺正在內心蕩漾。但她告訴自己應該要開心人生正邁向新的旅程。

她除了認識一個教她活出人生所需技巧的人，也多了個給她大愛的小小朋友。甚至，她的初戀情人從過往的回憶中再次出現，還打電話給她。

但是這些都不夠，因為她的心躁動不安，把她推向盧卡的懷抱。她直覺這是不可能的。她沒想過他是否已經結婚，或者有交往對象，她不知該怎麼用理性角度解釋，但是就是有個聲音告訴她，她的渴望是不可能成真的。

這天下午回到家後，她試過創作俳句表達內心所有感覺，但是紙片依舊跟她拿到時一樣空白。

當她經過兒童市集，滿腦子都是這些事，而其中一個小孩提醒她——

「妳說有東西要給我們賣。我們再過一個小時就要收攤，下個月才會再擺攤。」

「對。」伊莉絲回過頭對小老闆說，髮絲在空中飛揚，「如果你們要一起上來我家，我就拿幾樣東西擴充你們的攤位。」

「我要上去！」小女孩說。

她的另外兩個合夥人也異口同聲，於是他們吵起來，爭執誰該留下來看守，好讓其他人上去。

「海盜會幫你們看守攤位。」伊莉絲說，「雖然牠的名字無法讓人信任，我卻有把握牠是個好的守衛。」

小狗似乎明白牠的天職，牠馬上坐在地毯的玩具之間，發出幾聲汪汪叫，像是在警告任何可能的小偷。

他們都信任這個矮小的警衛，於是三個小蘿蔔頭開開心心地跟著上樓去。

伊莉絲開門，打開電燈，感覺自己像是很久沒看過裡面的東西。她本著俳句的精神，問自己要怎麼把家裡的東西減少到基本所需，哪些東西能讓生活加分，哪些會減分。

屋內絕大部分裝飾的物品都是她父母的遺物，他們不再需要，而對伊莉絲來說，卻像是一支船錨，讓她離不開充滿痛苦的港口。

「你們可以拿走想要的東西。其實我想要丟掉所有這些回憶。」她下定決心說道。

遲疑了一會兒，小女孩拿走一個鐵製的艾菲爾鐵塔模型，他們一家子已經埋葬在遙遠過去的幾次耶誕節旅遊。雀斑小男孩選了一支舊橫笛，那是伊莉絲小時候，爸爸演奏給她聽的樂器。另外一個孩子拿了一盒紙牌遊戲組，外盒相當華麗，那是她媽媽玩的單人紙牌遊戲。

不可思議的是，當他們拿走那些封藏那麼多回憶的物品，她感到如釋重負。她告訴自己，接下來她要安排一次對過去的大掃除，只留下能幫她繼續活下去的東西。

接著，她下樓去接海盜，帶牠回到公寓，給牠清涼的水和飼料，打賞牠幫忙看守。她從冰箱拿出一打開就看到的優格，在沙發上坐下來，一手拿著空白紙片，一手拿著筆。

俳句就要誕生了。

永不結束的現在

「我的人生並不重要，真的。」盧卡說。這個禮拜五下午，盧卡第一次露出慌忙的模樣。

「你知道我的許多事。」伊莉絲責備他，「比這個世界上任何人知道的還要多，所以我也想知道一點有關你的人生，這是公平的。」

「我怕妳會失望。」

「失不失望，應該是由我認定，你不覺得嗎？」

盧卡點點頭，贊同她的想法。她繼續說——

「很好，那麼，我想要知道你的職業。」

「我現在正在度假。」

「度假？在一月？」

「我很久沒好好休息幾天了。」

「你住在附近嗎？」

「我就住在這裡，妳不是總是在咖啡館遇見我？」

伊莉絲嘁嘴——

「我是認真地在問你話。你不想告訴我你是不是住在這個社區嗎？」

「我在這附近開過一間小餐館，坎波里尼，但現在已經不營業了。」

「坎波里尼。那是什麼意思？」

「那是我的姓氏。」

「我好像聽過。或許我曾在那兒吃過晚餐也說不定。在哪兒？」

「那已經不重要了。」

「為什麼不營業了？」

「我在其他地方有工作。」
兩人安靜半晌。於是伊莉絲明白了——
「你為什麼不喜歡談自己？」
「我就說妳會失望的。我最不想要的就是妳失望。」
伊莉絲思索半晌，然後克服盧卡的拒絕，繼續說——
「這是因為我們坐在無聲桌嗎？」
「並不完全是這樣。」
「那麼，這第六張桌子的特質是什麼？」伊莉絲問道，渴望前幾天兩人之間的那份親暱。
「這是祕密桌。」盧卡解釋著，眼神流露些許悲傷。「我不能告訴妳它的魔法，但妳會在時機到來的時候自己發現。」
「看來，今天什麼事都不能知道。那麼，我該拿你怎麼辦？我們為什麼會在這間到處是灰塵的咖啡館裡面？」

「妳知道的，世界上最棒的地方就在這裡。」他只說出這句話，彷彿突然間感到不自在。

盧卡的動作預告了某個伊莉絲還無法想像的事，不是她在這間神奇咖啡館注意到的不同之處：這天是禮拜五下午，大半的桌位卻是空的。而是，不管是家具還是牆壁，彷彿都比前一天下午要老舊許多，彷彿一下子好幾年過去——或是好幾十載。甚至連對外的玻璃窗都刮痕累累，讓人看不清楚外頭。

一定發生了什麼伊莉絲不明白的事。她漏掉了某個重要的東西。

魔術師經過她身邊時，像是注意到這個狀況，於是輕輕地拍打她的肩膀，在她耳邊低聲說——

「記住，沒有任何東西屬於現在。」

他的話讓伊莉絲更加不知所措，她越來越不懂到底發生了什麼事。然而，她牢牢記住魔術師的話，想要補救這天的午後時光。

「你得幫忙我找某個東西。」她開始說，「我到目前為止學到的東西，人不是想著過去，就是想著未來，我沒說錯吧？」

「妳沒說錯。想，意味脫離現在，思索過去或未來的東西。然而，經驗永遠屬於現在。這是公式。」

「這個理論很不錯，可是我需要知道，我們生活中的一切，有什麼東西屬於現在。比方說，吃飯嗎？」

「我不這麼認為。味道屬於現在，是吃飯時產生的，煮飯屬於過去，消化屬於未來。」

「那麼，要活在當下，就得找到一個非常強烈的感覺，讓我們不必想著未來或是過去。」

「差不多是這樣沒錯。能夠讓時間停下腳步的經驗，就能活在永不結束的現在。」

「只差知道那是什麼。」伊莉絲說。

「神祕主義分子已經尋找了好幾個世紀。」盧卡回答。他對這個話題相當感興趣，於是伊莉絲繼續說下去。

「但是我們是人類，」她繼續用肯定的語氣說，「我們會對身旁的東西視而不見，尋找遙遠的事物。或許是這張桌子的魔力吧，我想，我發現了怎麼阻止時間的腳步。」

「真的嗎？」

「我知道是哪種魔法存在於現在。」

說完這句話，伊莉絲捧起盧卡的臉，靠過去親了他的嘴唇。他們的初吻可能持續了幾秒或者幾分鐘吧，但是他們倆感覺自己置身在一個永不結束的現在。

怎麼寫愛情俳句

禮拜六正午，伊莉絲起床後，下定決心寫一首俳句，寫完馬上送給他。她幻想著這首俳句刻劃他們倆前一天下午的愛情。草草用完早餐，她坐在床上讀一本她買的書，裡面談的是何謂俳句。

書的作者亞伯特．利伯曼（Albert Liebermann）解釋，俳句由三句短詩組成，描述特定的時刻。這樣的作詩方式特別著重生活細節，不管是大自然或者詩人居住的都市環境。也可能是捕捉某份感動，或者一種特定的情緒狀態。

書上說，傳統的俳句需要結合以下元素：

1. 三句不須押韻的詩詞。

2. 詩的精短可讓人一口氣大聲朗誦完畢。
3. 特別要加入關於大自然或一年四季的例子。
4. 俳句總是描述現在——雖然可以省略動詞，從不回首過去或仰望未來。
5. 傳達詩人的觀察或驚奇的發現。
6. 詩中須包含五種感覺的其中一種。

這番解釋算是很清楚，可是無法幫助伊莉絲達到目標，畢竟她不是從小就寫詩。盧卡說，每個人都是與生俱來的詩人，所以她是忘了天生的作詩能力了嗎？

問完自己這個問題，她繼續讀利伯曼的書。看來，俳句的宗旨是讓人達成極簡境界。詩人應該以赤裸裸的描述手法，擺脫所有的精雕細琢或是華麗詞藻。

在下筆寫在盧卡給她的紙片之前，她把鉛筆換成鋼筆，並讀了書裡列舉的幾首俳句的其中一首。其中，她特別喜歡木藤（Kito）寫的一首——

夜鶯
有些日子不見蹤影，
有些日子來過兩回。

在這門詩詞藝術的經典作家當中，她注意到有位叫小林一茶（Issa）的人，他寫過相當有趣的俳句，比如：

蛤蟆
在眾目睽睽之下，

現身在這片荒地。

伊莉絲想像這個畫面，不覺莞爾一笑。接著她拿起筆，暖烘烘的一線陽光照在紙上。

突然間，她感覺所有其他事，在寫俳句時都是多餘的——減法優於加法，因此，她脫掉睡衣和內衣，一絲不掛地坐在床上。她盤起雙腿，太陽變成她的隊友，此刻，她感覺自己已經準備好迎接詩詞的誕生。

她想起詩人松尾芭蕉（Basho）對這門藝術的定義：俳句發生在此刻此地。

接著，她的思緒飄回盧卡，感覺一股電流竄遍她全身上下。她已經在人生的現在，卸下所有自身以外的東西，她感覺詩句在她的內心也在體外。

當和煦的陽光曬暖皮膚，伊莉絲恍然大悟，她只需要簡單描寫自己寫給心愛的人俳句的場景。當鋼筆終於落在紙上，她感覺心跳加速——

筆在右邊，
心在左邊，
而你無所不在。

第六張桌子

伊莉絲穿上衣櫥裡最漂亮的一件衣裳，一邊口袋裡裝著她簡潔的俳句，另一邊裝著魔術師送的懷錶出門。

一如每個禮拜六中午，社區大街小巷幾乎空無一人，所有的家庭全都坐在餐桌旁。而她就要去跟一個除了海盜之外，既是她的家人也是她全部人生的人相聚。

她穿越天橋，往下到街道上時，她滿意地看著咖啡館的招牌，門是敞開的。隨著一步步靠近，她放慢速度，增加自己踏進那個隱祕世界的喜悅。

然而，當她跨過門檻，發現還沒有半個客人上門，只有魔術師在吧臺後忙著。伊莉絲決定等到盧卡抵達，她的視線掃過咖啡館內的六張桌子。她每一張都坐過了，所以現在她猶豫該坐哪一張比較好。

她靠著吧臺，考慮好一陣子，彷彿任何重複的桌位，都可能打破前幾天經歷過的魔法。她著迷地回想那些獨一無二的時刻，再一次停留在另一個永不結束的現在。在這裡，除了她沒有其他人能進來。

魔術師一邊斜睨著她，一邊拿起架上的酒瓶，放進箱子裡。接著他也把餐具和杯子都放進去。

伊莉絲從神遊中甦醒，她發現魔術師正在把賦予這間咖啡館意義的東西拿走，很快地，這裡就要變成一間空屋。

「不營業了嗎？」

「沒辦法。」男子說。

「但是，為什麼呢？客人不少呀。」

「來客數並不重要。重要的是客人會找尋這裡。」

伊莉絲一頭霧水，不懂他的話，她從口袋掏出懷錶並說——

「不動了。真可惜，不然這真是漂亮的錶。」

「它會動。雖然不是以妳所預期的方式。」男子回答，此刻正在封箱的他，似乎比之前還蒼老。

突然間，一種無法留住周遭一切的悲傷，掠過伊莉絲的心頭。

「你還沒跟我說過你的名字。」她說。

魔術師停下動作，彷彿他需要想一下自己的姓名。

「魔術師的名字不重要，重要的是他的本領有沒有價值。這樣一來能抓住觀眾，在落幕時得到掌聲。」

當魔術師結束裝箱，他走出吧臺，迎向他唯一的客人投來的疑問目光，她似乎並不打算離開這裡。

他帶著些許憐憫的目光對她說——

「等他沒有用。他不會來。」

「為什麼？」伊莉絲問。

「昨天的桌子叫作訣別桌。坐在那裡的人永遠不會再見面。」

PART 2

人生的滴答聲

奔向海洋的悲傷之河

回到家裡，伊莉絲滿腦子都是盧卡的身影。她很生氣，儘管實在沒什麼理由這樣——總之，他們並沒有約好要見面，但是他們在其他日子也沒約，他卻總是會在那裡等她。

對她來說，了解自己悲傷的原因簡單多了：她不願意承認，但一想到不會再見到盧卡，便覺得難以忍受。

她到社區空蕩蕩的街道上漫無目的地閒逛了一會兒。現在，陽光已經不再像剛才那樣可愛，下午剛開始的靜默，悶得她喘不過氣。

她回到家，接受海盜開心的蹦蹦跳跳，接著第一件事是脫掉外套，把自己關在浴室裡。她需要沖個熱水澡放鬆一下，以及痛哭。

沖澡時痛哭是她從少女時代以來，感覺自己不被父母了解時養成的習慣。她的青春期已過，可是習慣仍留了下來。

伊莉絲準備好進行她治療沮喪的舊儀式：打開水龍頭，等水變熱，站到蓮蓬頭灑下的水柱下，閉上眼睛，雙手擺在身體兩側。她會保持這個姿勢好一會兒，想著這一刻沖下排水管的悲傷，彷彿河水奔向大海。她想像著她的悲傷流進世界的海洋，所有碰到她的悲傷的海洋生物，突然間也感覺自己有那麼一點不幸。

就這樣，她想像著數以百計垂頭喪氣的鯨魚，想著數以千計的水母、海豚、海豹，都怪她而變得悲傷，但是她卻重展笑顏，儘管帶著靦腆。

「如果盧卡能讀我的心思，一定會把我當作瘋子。」她說完這句話後，關上了水龍頭。

但是她有事要做。這個「沖走悲傷」的淋浴已經產生療癒效果，因為她感覺該下決定的時刻到了。

她穿上在家裡閒晃時的棉褲，看了一下記事本，撥打同個社區一間不動產公司的電話。當她聽見有人接電話，她發現真不可思議，他們竟然在禮拜六營業。

「我以為沒人會接電話。」她詫異地說。

「我到這裡上班短短幾個禮拜而已，禮拜六還不能休息。」

接著是一陣令人不自在的靜默籠罩，然後電話那頭的陌生女人出聲——

「妳可以叫我安潔拉。有什麼我可以為妳服務的地方嗎？」

「我想要賣掉我的公寓。」

她從沒想過這麼輕易說出口。這是她在好幾個禮拜前的決定，直到這一刻，她才明白這件事。得知父母的車禍以後，她回到充滿回憶但空無一人的公寓，就知道沒辦法繼續住在這裡。但是想歸想，要真的做是完全不一樣的。

伊莉絲想起盧卡，和那口井的故事。她也在那樣絕望的困境中找到一個禮物，這個禮物就是她的決定。不知道為什麼，她的內心有個東西開始改變。

「很好，讓我記下來。」安潔拉說，「妳什麼時候要我過去看屋子？」

「越快越好。今天可以嗎？」

「平常不能這樣，不過沒關係。那麼我就可以離開這間無聊的辦公室。一個小時內如何？」

「非常好。」

伊莉絲很滿意這個結果，接下來她決定聽聽答錄機的留言。像是機械般的聲音告訴她共有兩則留言，她馬上猜測兩則都是奧利佛留的。

「哈囉，伊莉絲，我打來是要問妳想不想繼續我們那天沒結束的約，喝杯咖啡。」他停頓半晌，彷彿正在斟酌接下來該使用哪些字眼。「說真的，我越是想著我們在這麼多年後重逢，越是覺得奇怪。我想知道妳是不是有這種感覺。嗯，」他囁嚅，「打給我。再見。」

伊莉絲露出厭煩的表情，繼續聽下一則，雖然她非常想直接刪除留言。奧利佛過了一個小時後打了第二通——

「我考慮過，如果妳比較想的話，我們可以去看電影。我會等妳的電話。再見。」

伊莉絲直接忽略倒數第二句話，她想，那位房地產公司的女生來之前，她還有個作業。她掏出外套口袋裡的俳句，揉成一團，扔進浴室的垃圾桶裡。

她原本也想丟掉口袋中的懷錶，但她在最後一刻同情起那個老舊的破機械了，儘管蕊心傳來遙遠的滴答聲，指針還是停留在十二點整。

她把懷錶塞回口袋，把一張唱片放進音響，在沙發上坐下來，閉上了眼睛。

她開始感覺自己好多了。

某些人的過往是其他人的未來

「妳介意告訴我為什麼要賣掉這間公寓嗎？」安潔拉問。她檢視屋子一遍，一邊不停拍攝照片。

「這個地方屬於過去。」這是她唯一的回答。

安潔拉填好檔案的所有資料——特色、價格、參觀時間，並保證馬上就會登出。

離開時，安潔拉在樓梯平臺停下腳步，對她說——

「或許禮拜一我就會帶第一批在這一帶找物件的客人來參觀，像妳家這樣的公寓並不多。」

「妳覺得會很難找到買家嗎？」

安潔拉瞇起眼睛，接著回答——

「某些人的過往是其他人的未來。」

伊莉絲滿意地點點頭。她從來不曾像現在這麼果決，她喜歡這樣。她剛剛發現，她還是有讓自己驚訝的本領。

她的下一步是搜尋任何能找到盧卡的蛛絲馬跡。

她翻閱一本城內的舊餐廳名冊，想要找一間叫坎波里尼的餐廳，但她沒找到任何叫這個名字的披薩餐廳。接著她打電話到電信諮詢中心，但是也沒得到任何訊息。她開始害怕盧卡說的全是謊言。可是，為什麼呢？他有什麼目的？她不認為他是這種人。

她面對正在發生的這一切，實在手足無措，於是決定出去繞一圈。她打算經過她那間神奇咖啡館，或許會發生什麼奇蹟也說不定。無論如何，她在前些日子明白，那是一個不太尋常的地方，在那裡，什麼都有可能發生。若是能像第一天一樣找到咖啡館，招牌發出劈啪聲，她的魔術師朋友雙手手肘撐在盡頭的吧臺上等待顧客上門，她也不會太大驚小怪。

海盜看到主人拿起項圈，知道要出門，開心得不得了。伊莉絲穿上外套，他們一起出門，沿著社區的街道踱步。

前往咖啡館路上，她比以前都還要專注看著所有商店的招牌。她只想找到一個能讓人聯想到義大利姓氏的招牌：坎波里尼。但是她在平常的路線上，沒找到類似的招牌。她專心致志，以至於經過天橋時，甚至沒看軌道一眼。

這時天氣非常冷，天色也慢慢暗下來。當伊莉絲抵達她曾經經歷那樣多魔法時刻的地點，起先，她不太理解那附近怎麼一片漆黑，當再靠近一點，她簡直不敢相信自己的眼睛。

「世界上最棒的地方就在這裡」已經不復存在。

連那個燈管有問題的招牌也不見了，窗戶全用厚木板蓋住，大門深鎖，信箱塞滿廣告。這個畫面彷彿已經關門好長一段時間了。

「難道這是一種魔術伎倆？」伊莉絲不解地想，接著她拉拉海盜的項圈，要牠陪著自己就這樣滿頭霧水地踏上回家的路。

只剩三個月壽命該做的事

週末過得平淡無奇。伊莉絲下午才起床，前一晚她焦躁不安，接下來一整天她也食不下嚥，只是看著電視打發時間，腦袋卻神遊在其他地方。

最後，到了禮拜日下午，當她在沙發上打盹兒，提不起勁做任何事時，電話響了。是奧利佛。

「我得用帶海盜來打預防針的藉口，才能再見到妳嗎？」他問。伊莉絲面對這麼溫柔的語氣，實在不忍向他說實話。

她沒跟他說，她逃避他。也沒跟他說，她目前唯一想約會的對象已經從她的生命中消失無蹤。

「我知道有個好地方，那裡的熱帶風情雞尾酒是絕品。」獸醫告訴她，「如果能讓我邀妳喝一杯該有多好。」

「我感冒了。」伊莉絲撒謊。「改天吧。我需要休息。」

「我不喜歡妳生病，但真讓我鬆了一口氣，妳知道嗎？」

「鬆一口氣？」

「知道妳並不是不想跟我約會。」奧利佛說，「我跟妳保證，跟妳重逢，是這幾年來我遇到的最美好事情。這簡直是個奇蹟。妳救我脫離了難以忍受的生活。」

這些話不禁讓伊莉絲想起盧卡，以及盧卡對於奧利佛再次出現時說過的話。她想起他說的那句：運氣掌控世界，遠比我們想像的還要深。想到這些，她打起精神，加上她覺得騙奧利佛有罪惡感，她便問——

「為什麼說生活難以忍受？」

「連講出來都枯燥無味。」他停頓半晌，「妳不會有時對生活感到乏味嗎？」

「我想會吧，但是這是因為我有份非常規律的工作。」

「這一點關係也沒有。我想，我們每個人都對自己跟每天一成不變的生活感到乏味，不管人生有多麼精采。有個人曾經對我說，只有在想像死亡即將到來，才能擺脫這種乏味。或許我們可以試試。想像自己日子剩下不多，思考一下該怎麼利用。」

伊莉絲開始覺得他們的對話變得無趣，但是她不敢說出來，於是奧利佛繼續說下去，他的聲音變得微弱，似乎對自己所講的事感到不好意思——

「想像一下我們只剩三個月生命，妳要在這段時間完成十件不想錯過的事。我們可以想想這十件事。妳說呢？」

接下來是一陣絕對的靜默籠罩，伊莉絲甚至不必講任何話，就能讓對方明白她的意思。

「對不起，講這些太難理解的問題，太過沉重。我不想讓妳頭痛。」

伊莉絲注意到自己冒犯了他，於是急忙解釋——

「我沒頭痛。只是太累。」

「對，對不起。晚安。當妳想要的時候再打電話給我。」

然後他掛上電話。

伊莉絲想了一會兒：有時害羞讓奧利佛變得脆弱。事實上，二十年過後，他還是她在那次救援行動中認識的同一個人。在他成熟的男人外表下，還是經常看到那個不安的年輕小夥子。她不想承認，不過她喜歡這個他。

她掛上電話後，一點也不想照他的提議，列出十件想做的事。然而，隨著一分一秒過去，她發現自己無法把這件事從腦海揮去。如果自己只剩三個月生命，她會想做什麼呢？哪些事她會放棄，哪些不能？她曾在一本老的宗教箴言集讀過：「把每天當作人生的最後一天去活。」

她拿起紙筆，開始列清單。她寫下了：

死前該做的十件事

- 找到盧卡（即便是為了跟他道別）
- 熱吻我愛的人（他要是愛我的）
- 欣賞一場大雪
- 嘗試日本料理
- 像個瘋子大笑
- 參加某個喜愛的樂團的演唱會
- 賣掉爸爸跟媽媽的公寓

● 辭職
● 結交真正的閨蜜
● 染紅色頭髮

她詫異地望著清單。她一遍又一遍讀著她最想要的願望，感覺全都不會太難做到，她想要立刻著手去做。

而在計畫怎麼著手之前，她已經不敵瞌睡蟲，墜入夢鄉。

沒那麼可怕的禮拜一

安潔拉正如她的保證，帶了一個想看公寓的先生出現，那是一位個子非常高的德國人。他跟他的太太是一對退休夫妻，膝下沒有子女，正在這個社區尋找物件。這位客人甚至要求看完每一根管線和每一個開關。

「我會試著說服他，跟他說這附近沒有其他像這樣的公寓。」安潔拉趁客人正在看露天陽臺時，悄悄地在她耳邊說道，「妳覺得我的服務如何？這不是我第一次帶看房。我跟妳說過，我之前是當美髮師嗎？」

伊莉絲搖搖頭。

「我的本領是……若是有女顧客上門，她本來只要剪頭髮，最後會加染頭髮離開。每個人都知道我上場會發生什麼事。」

伊莉絲相信她的話。安潔拉無敵親切，絕不會讓人有遭冷落的感覺。

伊莉絲趁德國先生丈量其中一間房間時，問她一個在她腦中盤旋了好幾個小時的問題——

「妳知道這個社區有間叫『世界上最棒的地方就在這裡』的咖啡館？」

「沒聽過。」安潔拉說，「在哪兒？」

伊莉絲告訴她那個她再熟悉不過的位置，結果安潔拉沒等她說完。

「那個位置是一間老倉庫，根本沒什麼咖啡館，不知道已經空置多久了。妳想去看看嗎？我有鑰匙。」

伊莉絲詫異不已，不過馬上答應。

「真的可以帶我去看？」

「當然。我會告訴我老闆妳是潛力買家。沒問題的，很多人都看過那個物件，但是沒有一個人想要買下。」

「為什麼？有什麼問題嗎？」

「妳看到以後，就會知道。」

送走客人後，伊莉絲幫海盜準備滿滿一碗食物。接著，她出門上班，她猜等著她的是又一個責備聲不斷的艱困一天。

她沒猜錯。自從她請了一天假去領養狗後，當班組長便對她十分不滿。她發現，只要想跟他說話，他們之間的氣氛便會變得緊張。幸好她不必太常跟他說話。

此外，這一天跟往常一樣乏味至極，像浪潮一波波打過來的電話，和耳根子稍微能清靜的休息時間。在其中一個非常無聊的時段，網路收音機播出了一首她喜愛的歌，這稍稍能讓她聽歌解悶一下——

已經蓄勢待發。
只要讓它們發生：
人生是一片空白的紙
在這裡寫下任何你要的東西。

這彷彿是為她此刻的人生打造的原聲帶，這時，當聽完那首包圍她的旋律時，一通電話打了進來。

起先，她沒認出從耳機傳來取代音樂的男性嗓音——

「我想要了解保險。」

「沒問題。」伊莉絲拿出最專業的語調說：「哪一種保險？」

「能推薦一下嗎？我是男的，身體健康，單身。我開一輛小車，這麼久以來，我第一次想要繼續活下去。這都得感謝一個女孩。」

伊莉絲認出他的聲音。

「奧利佛？」

「要我再報上姓氏嗎？」

「你在做什麼？」

「我找不到其他方式見妳，決定來買保險。我想跟妳單獨談談。」

「你瘋了不成！」

「的確是這樣沒錯。為妳瘋狂。妳推薦我哪一種？我考慮過壽險或許不錯。對了，妳做功課了嗎？」

「我現在不能跟你說話。我要切斷電話了。」

「但是這是工作的事！」

「我得把你轉給我們一位專員。」

「我跟你們的專員沒話講。」

「程序是這樣。你需要資料。」

「我以為妳可以給我所有的資料。」

「你得來這邊一趟。」

「我正打算過去！妳幾點下班？」

「九點半。」

「我九點到，把所有資料給我，然後我們去一間夏威夷酒吧喝一杯。不准找藉口。」

伊莉絲嘴角上揚，儘管他看不到。剛剛的歌詞再一次浮現腦海，她心想，該為自己人生空白的篇章寫寫什麼的時刻到了。或者，她至少該試試吧。

「好。」她回答。「但是我不想喝夏威夷雞尾酒。我想吃日本料理。」

「太好了，我是壽司和生魚片美食專家。我們九點見，公主。」

接下來的上班時間，伊莉絲忍不住嘴邊掛著微笑，連組長罵她該切斷電話時，她也掩不住笑意。而這不太有禮貌。

福神眷顧的晚餐

奧利佛在城中心一間新開幕的日本餐廳「尾白」訂位。

「我想這是一個難得的機會，可以離開妳的社區。」車子一開動，他用輕柔的聲音對她說。

這個時間，又是禮拜一，交通順暢。不到十五分鐘，他們就踏進一扇日本風的大門，置身在一個對伊莉絲來說全然的新世界。

他們被安排到一個角落的桌位。菜單上有日文跟西班牙文，但即便如此，伊莉絲都看不懂。

「你來點菜吧。」她打退堂鼓，對他說。

奧利佛似乎喜歡這個提議。當穿著優雅和服的女服務生靠過來，他點了菜單上的幾道菜，以及兩杯日本啤酒。他點餐時的自信，是伊莉絲還沒見過的模樣。

「我們會根據日本傳統料理，吃三道菜，接下來喝味噌湯。」他跟她解釋。

「三道菜？」

「對，那是我在獸醫學院到大阪一年當交換學生時學到的吃飯順序。日本人非常注重選擇原貌食物，也注重外觀。我們晚餐點的三道菜，是用三種不同的烹飪方法製作的。」他停頓一下，定定地看著她，彷彿正在評估該不該繼續，或者他怕做錯。接著他繼續說：「第一道菜是生食，第二道菜稍微煮熟，第三道菜需要慢慢製作。對他們來說，這種方式是提醒他們人生的一切事物都有其價值：簡單但珍貴的，花較少時間得到的，以及花許多時間獲得的。最後，一切以一杯綠茶劃下句點，茶水帶苦澀，如同死亡。」

「那我們晚餐如果只點一道菜呢？」伊莉絲大膽問：「生食、一點熟，或者慢火烹煮，其中一道呢？」

「該選什麼非常清楚。我們的重逢是一道鍋物。也就是說，一鍋長時間燉煮的美味熟食。而且，我們的晚餐是花了快二十年烹煮好的。」

「那麼綠茶之後呢？」她裝傻問。

「這就沒人知道了。最重要的是茶送上來之後心滿意足，因為接下來再也無法回頭。」

「什麼意思？」

伊莉絲發現，當奧利佛講這些東西時，散發出一種不可思議的自信。連他的語氣都轉而堅定——

「如果人在過世時，覺得人生就像胃裡是空的一樣空虛，是不可能會快樂的。妳知道有人甚至死而復活是打算完成未竟之志嗎？在妳告別人世之前，妳必須跟這個世界，跟妳所愛的人，達到和睦共處。妳要從自己開始。」

「你是指死亡反而不重要？」

「當然。如果人生圓滿，會視死亡是自然的過程，就像一頓豐盛的午餐後來杯熱茶。」

停頓幾秒後，女服務生端著托盤來到座位旁。

「我喜歡把人生看作一頓午餐的比喻！」伊莉絲低呼。「那我呢？我是哪一道菜？」

她感覺他像是個第一次告白的青少年，講話時聲音有點發抖——

「妳是一碗白米飯。永遠不能缺少的東西，雖然簡單但營養滿分。不會太過油膩也不會太過清淡，天生具備珍貴特質，能吸飽人生的各種味道。」

伊莉絲感覺雙頰發燙。她已經好幾年不曾這樣。

女服務生在桌上兩條溫熱的溼毛巾旁，擺上兩罐惠比壽啤酒。他們拿起毛巾擦手，再擺回小巧精緻的托盤上。

接下來，伊莉絲倒酒，舉起酒杯。

「我敬你，因為你今天實現我的清單上的兩個願望。我非常想吃日本料理，現在我就在這裡，準備一償心願。」

「那麼，另一個願望是什麼？」

「我辭職了。」

奧利佛露出安慰的表情，心想這或許是必要的。

「哦！不用擔心。我一點也不在意。而且時間點到了，我該勇敢提出。我從沒想過自己做得到。我在死前想完成的清單上，現在只剩下八個願望。」

「那麼，這是個好消息。我們來乾杯慶祝吧！」

一陣鏗鏘玻璃杯撞擊聲，以及喝啤酒聲音過後，奧利佛問——

「妳想過現在該怎麼安排時間嗎？」

「睡覺，遛狗，找失聯的朋友……我也希望賣掉我爸媽的公寓。這樣一來，我就能搬到一個不會到處充滿回憶的公寓。如果可以的話，我希望從那裡就能看到大海，這是我的夢想之一。」

「天哪……我看妳的人生即將迎接重大改變。我希望我也是這些改變的其中之一。」

伊莉絲不好意思地垂下頭。

這一刻，奧利佛給她看剛剛乾杯的啤酒上的商標。

「這罐啤酒會帶給妳幸運，等著看。看到啤酒的名字了吧？」

伊莉絲聳聳肩，表示「惠比壽」對她來說不具任何意義。

「惠比壽，」奧利佛解釋，「是日本七大福神之一。我有把握這位神明會幫妳完成其他八個還沒實現的心願。」

「希望。」伊莉絲心想，並灌下一大口福神啤酒。

另一個世界的碎片

沒有工作，不必行色匆忙的第一天，海盜端著一臉不解，看著伊莉絲。牠似乎正在問，怎麼這麼悠閒？不是早在幾個小時前，他們就該跟每天早上一樣，出去散步嗎？

伊莉絲感到一股出乎意外的平靜，她泡好綠茶，坐在餐桌前，不疾不徐地享用。接著，她沖個澡，穿上舒適的衣服——跟平常上班穿的衣服完全不一樣，然後拿出海盜的項圈。

當她把手伸進口袋時，她碰到那個壞掉的懷錶。她把錶貼在耳朵旁，想確定彷彿從遠處傳來的奇怪滴答聲，是不是在繼續響著。不管是什麼難以理解的原因，懷錶還繼續活著。

「我想應該把錶送修。」她對自己說，並打開了門。

這是個比平常還久的散步。在這個時間，公園裡幾乎沒人，於是她讓海盜自由地在灌木叢之間東嗅嗅西聞聞，她自己則坐下來，裹緊外套，享受一下這個清朗的寒冷早晨。

離開公園後，她把海盜綁在一棵樹幹邊，踏進社區的一間鐘錶店。

「這個錶可以說是在走動，但同時又沒走動。」櫃臺後的先生對她說。這個招呼她的男人從外表看起來孤僻而怪異。

這位鐘錶匠不慌不忙地檢視手中的古董。他極為小心地將懷錶從櫃臺上拿起來，恍若那是什麼稀世珍寶。

「摔過嗎？」他問。

「我不知道。我收到這個懷錶時，就是這樣。」

男子繼續檢視懷錶。他在眼睛前架上一個放大鏡片仔細檢查錶面。接著，他聆聽那幾乎聽不見的滴答聲，想找方法打開錶殼。最後他說——

「只需要一下子，我得拿去工作室。」

於是伊莉絲待在空無一人的店裡等待，陪伴她的只有數不清的鐘錶，和從各處傳來的滴答聲。兩分鐘後，鐘錶匠一臉沮喪地回來了，手裡拿著她的錶。

「我無能為力。」他下結論，「這個錶的零件已經停產了。」

「那麼，不能修嗎？」

「不能，即使能修，也不該修。」

「為什麼？」

「因為送妳錶的人想要給妳的是另外一個世界的碎片。某個已經不存在，但是還能讓人感覺到的東西。」錶匠把錶面貼在伊莉絲的耳邊，讓她聆聽從「另一個世界」傳來的細小聲響。

「可是，送一個不能用的東西，有什麼意義呢？」

「或許真正的禮物不是表面看到的。妳看。」男子打開一張小紙條。

「我在錶面的後面找到刻字，記在這張紙上，讓妳看看。」

紙上寫著——

放下過去

現在就會啟航

「這是什麼意思？」伊莉絲目瞪口呆地問。

「我不知道。我唯一知道的是，妳的朋友送妳的不只是錶而已。」

舊帳倉庫

鑰匙插進鎖孔旋轉時發出嘎吱響聲，彷彿很久不曾有人打開。大門打開後，裡面是黑漆漆一片，令人不舒服，一點也不像是她認識盧卡的那間咖啡館。

「裡面就是這樣。」安潔拉說，「妳可以看到，裡面沒什麼妳說的咖啡館的痕跡。」

地面上覆蓋一層厚厚的灰塵，減弱了步伐的聲音。這裡既寒冷又潮溼，加上昏昏暗暗，增添了一絲神祕的氣息。事實上，從街道滲透進來的慘澹燈光，幾乎照亮不了裡面幾公尺的範圍。盡頭籠罩在絕對的漆黑裡。

「驚訝嗎？」安潔拉問。

「非常驚訝。」

伊莉絲試著想了解，一棟建築物是怎麼在轉眼之間消失，或完全變成不同的面貌？而安潔拉的手機劃破了寂靜，打斷她的思索。伊莉絲讓她接電話，自己像個遊魂般繼續漫步。

「等我一下，這裡沒有訊號。」安潔拉邊說，邊看著伊莉絲，然後指指街道，示意她自己得出去講電話。

伊莉絲對她打手勢表示沒關係，然後繼續踩著布滿灰塵的地面前進。好奇心加上驚愕，讓她繼續往盡頭走過去。

很快地，隨著腳步前進，她發現黑暗似乎沖淡了。當她的雙眼適應了黑暗後，她可以分辨盡頭有個擺滿盒子的大型貨架。每個盒子的尺寸和顏色都不同，唯一的共同點，就是時間在上面覆蓋的一層薄灰。

「這應該就是安潔拉跟我講的倉庫。」伊莉絲心想，同時以視線檢視著那座貨架。

盒子有各式各樣的尺寸，最大的或許擺得下一臺冰箱或者衣櫥，最小的反而只有鞋盒大小。她發現，每個盒子上都貼有標籤，上面還有個手寫的名字。

「這應該是等著交到收件者手上的包裹。」伊莉絲喃喃自語，她忍不住想著，所有的盒子都非常怪異。

究竟所有的盒子裡放了些什麼？為什麼會在這裡？收件者是誰？這是不是倉庫一直沒有新主人的原因？

盡頭傳來一曲輕柔的旋律，伊莉絲停下腳步屏息聆聽。巧妙的和弦，伴隨婉轉的歌聲，飄進她的耳裡——

我問，

今晚

妳要去哪兒？

家居公主。

她也正問著自己要去哪兒，這一切究竟是怎麼一回事，這條路的盡頭有什麼在等著？

伊莉絲猛然停在倉庫盡頭的牆壁邊，這裡有一張桌子，跟她在那間消失的咖啡館看過非常多次的桌子一模一樣。大理石桌面上，擺著一杯冒著熱氣的巧克力，像是剛泡好的，發出跟之前一樣美妙的香氣。杯盤上還有一根攪拌湯匙，正閃閃發亮。

伊莉絲沒停下來分析這一切到底有什麼意義，她把杯子端到唇邊，嚐了一口。巧克力的香氣和滋味，立刻讓她想起盧卡，畢竟他們倆一塊兒分享了那麼多杯一樣的巧克力。但是這一次情況不同，因為她只有一個人……還是並非如此？

她聽見漆黑中傳來靠近的腳步聲。她膽戰心驚，仔細聆聽，馬上認出一抹非常熟悉的輪廓。那是個瘦高優雅的男人，頂著一頭濃密的頭髮——魔術師。

「我看，妳發現了這座舊帳倉庫。妳找到自己的盒子了嗎？」

伊莉絲很開心再次見到他。

「這間咖啡館發生了什麼事？」她問。為什麼一切這麼不一……？

但他以一個堅決的手勢，打斷她的話。

「妳得找到寫著妳的名字的盒子，這非常重要。」

伊莉絲好想問他盧卡的事，但是魔術師的態度是如此篤定，讓她不敢不聽他的話。她抱著好奇心，回到大型貨架旁，開始一一檢查盒子上面的標示。有好多盒子，她可能得花上一整天才能找到自己的那一個。幸好，她不必如此。她只花了幾分鐘便找到一個側邊清楚地寫著她的名字的盒子，體積是如此袖珍，她甚至可以輕鬆握在手裡。

「在這裡！」她興致勃勃地說，然後返回魔術師身邊，「看來，我的舊帳其實不多。裡面有什麼？」

「妳得自己拆來看。但是不要小看東西的外表，這個小小的包裝盒裡可能藏了一個世界。」

「這是您的另外一個魔術嗎？」

「就某方面來說，是吧。這個地方是用來存放等待著機會的物品，妳應該在桌邊坐下來，喝妳的巧克力，然後等待。」

「這些都是盧卡安排的嗎？他跟你在一起？」

「妳很快就會有他的消息。耐心等待。」

伊莉絲露出不悅的表情。魔術師從容不迫，解開老舊背心的鈕釦，繼續說——

「好好地享受這一刻。不要忘記，千里之行始於足下。」

伊莉絲在熱巧克力前坐下來，拆開包裝。

當她看見了裡面的東西，如墜五里霧中：一顆白巧克力愛心，包在玻璃紙裡面。反面，有張貼紙寫著：半人馬冰淇淋店。還附上一個住址。

伊莉絲蹙眉。

「我得去這個地方？」她問。

不過，她沒聽到任何回答。

「哈囉？你在嗎？」

回答她的不是魔術師，而是安潔拉，她正踩著急促的腳步走過來。

「不好意思，丟下妳一個人待在這裡，實在是這個客人，我不能……

老天！看來妳找到妳的咖啡館的一張桌子。妳在這一片黑暗裡做什麼？」

伊莉絲把白巧克力塞進外套口袋，然後回答——

「妳看到囉。我正在喝熱巧克力。」

「喝什麼……？伊莉絲，妳真會幻想！走吧，我們快離開，不然妳會讓我以為這裡發生什麼怪事了。」

未來之海

「我提早下班，準備了一個驚喜給妳。」

奧利佛的聲音聽起來很愉悅，還帶著一點點的迫不及待。

「一定要現在嗎？我有其他事。」伊莉絲對著電話說。

「一定要現在！我跟這個驚喜已經等不及了！」

她對奧利佛的自信滿滿嚇了一跳。她沒料到他堅持不懈，更沒想到他這麼雀躍。他在她面前，已經毅然決然地拋開害羞的一面。

於是二十分鐘後，他過來接她。

他的興高采烈感染了伊莉絲，讓她忘記去過倉庫，再次遇到魔術師後留下的不安。就某方面來說，她開始明白那個地方和裡面的住客，屬於她生命過往的一段時光。相反地，奧利佛代表未來。他悅耳的嗓音，揭露要與她相見時的喜上眉梢。

「公主，妳的臉色白得嚇人，怎麼了嗎？」他問她。他們的車子正駛在一條大道上，前往城中心。

「沒事，只是不久前遇到奇怪的事。」

「我懂了。是出現什麼鬼魂嗎？」

「老實說我這輩子一直都遇到鬼魂。」

她吐出這句話時，腦海浮現盧卡的身影。她發現，如果魔術師說的話是真的，她還是渴望再見他一面。

「這是正常的。」他說，「我們的生活都圍繞著鬼魂，最重要的是學會跟他們好好相處。」

接下來的路程，兩人都安靜下來，陷入沉思。奧利佛的車子開往散步大道，轉彎兩次後，往前開在空曠的街道上，來到一個剛剛興建的社區。

「我們到了。」最後他說，並把車子停在一棟似乎是新大樓的對面。

伊莉絲用力關上車門，跟著獸醫的後面走去，他正走向門廊的玻璃大門。接著他拿出鑰匙打開，指示她跟過來，到一座採光充足的透明電梯前。鏡子映照他們倆截然不同的表情：他臉上近乎童稚的作夢，她瞠目結舌的驚愕。

他們搭到最後一層樓，電梯門打開後，迎面而來的是鋪著亮晶晶地板的樓梯平臺。這時，奧利佛走向四戶公寓的其中一扇門，插進鑰匙轉動鎖孔，以誇張的慎重模樣，邀她入內參觀。

「請進。」他說著，臉上掩不住笑意。

伊莉絲踏進一間還沒人住過的空公寓，連暖氣設備的塑膠膜都還沒拆掉。她好奇地走過每一間房間、廚房、浴室以及客廳，客廳十分寬敞，還有大片的落地窗。

「來看最棒的地方。」奧利佛邊拉起百葉窗邊說。

他們走到露天陽臺。九樓底下的街道像是個微型世界，藍色海洋就在他們眼前綿延而去。即使天空灰蒙蒙，這幅畫面在伊莉絲眼裡卻是一種超自然的美。她忍不住想像自己在夏夜，坐在這裡沉醉地凝望地平線。

「有點像妳夢想的公寓吧？」奧利佛牽起她的手說。

伊莉絲露出害羞的微笑。

「應該很貴吧？」她囁嚅地說：「而且我現在失業了。」

「公寓的主人是我的朋友，他打算以非常合理的價格出租公寓。」

他說話的聲音帶著顫抖，彷彿無法控制緊張。

伊莉絲心想，再也沒有比此時此刻更觸手可及的未來。她一點也不覺得害怕。

「我不知道……我得考慮一下。」

「當然囉，公主。這種事不能草率決定。」

伊莉絲嘴角上揚。凝視這一片如此靛藍的海洋，給她一種莫大的平靜。她目不轉睛地看著海面，喃喃說道——

「我以為我的人生是過去與未來的一場格鬥。」

她這麼說，是想起了盧卡的話：「有某個東西只發生在現在。」

奧利佛附和她的說法，微弱的聲音帶著憂傷——

「妳說得沒錯，我們都是這個模樣：一團巨大的混亂，看不到解決的辦法。」

天使二三事

參觀完公寓，奧利佛堅決邀她吃午餐。

他們去了一間義大利餐廳，伊莉絲連一口都沒吃。並不是她的男伴不夠盡力討她歡心，而是因為盤旋在她腦袋裡的思緒，不讓她喘一口氣。她不放棄找到盧卡，可是她開始覺得這只是個可笑的執念。另一方面，她跟奧利佛在一起越來越自在，他的細心和耐心，是她不曾在其他男人身上看到的。

兩個小時後，他送她回家，他掛著一抹微笑跟她道別，並說了幾句體諒的話——

「我想要今晚邀妳出去，但是有個東西告訴我時機不妥，我沒說錯吧？」

伊莉絲勉強擠出微笑。

「我累了。」她回答。「需要休息。」

「不急。但是不要忘了我跟大海一樣，在未來等妳。」

進入屋內，海盜跟以往一樣開心地迎接她，很興奮可以出去散個步。可是伊莉絲並沒這麼做，而是直接去聽答錄機的留言。她不願承認，但還是在等待盧卡的出現。

結果只有一通留言，是安潔拉。她的聲音聽起來像是重感冒，或者像是剛哭過。伊莉絲猜測應該是第二種原因。

「打這通電話，我覺得很不好意思，但是我不知道該跟誰訴苦。我想妳是個非常敏感，但善解人意的人。總而言之，請原諒這通留言。我不知道該告訴誰我丟了工作，我真是笨蛋，我累慘了。好吧，其實還有很多原因，但是我不想對著一臺機器大吐苦水。」

伊莉絲不假思索，立刻回電給她。

「我也失業了。」她跟她說。「我保證，失業有失業的好處。比方說，妳多久沒在一月底的某個禮拜一，睡到下午才起床？」

「我敢說我從沒這樣做過。」安潔拉承認，「而且，我也從沒在某個禮拜三出門，在自己想要的時間回家。這是另外一個好處，對吧？」

「我敢說，是的。」

「妳今晚有事嗎？」

這個問題讓伊莉絲措手不及，但是她不想像對待奧利佛那樣，找藉口搪塞安潔拉。

「沒事，除了我想替我正在經歷的一切找出意義。」

「那麼，我們可以一起找。我來幫妳找妳的人生的意義，妳來幫我找我的。如何？」

「這個交易不錯。」伊莉絲回答。

「太好了，那麼，九點在妳家門口？」

「好。嘿……」

「怎麼了？」

「我不知道是不是因為妳的名字的意思，但是妳是我的天使。妳知道什麼是天使吧？」

在她來得及自問自答前，安潔拉搶先她的話——

「天使就是教妳飛翔，不讓妳墜落的人。我們待會見！」

海盜不耐地盯著她看。她想，該是讓這位四條腿朋友開心一下的時候了，於是帶牠出門散步許久。

她刻意經過那座底下是郊區火車穿梭的天橋。她停下腳步半晌，往下看，想起最後一次站在這裡時的情景。那個禮拜天下午剛過去不久，不過她現在感覺自己非常不一樣，差不多是換了一個人。海盜生氣地吠叫，然後使盡吃奶的力氣，用力地拉扯項圈。

「天使就是教妳飛翔，不讓妳墜落的人。」伊莉絲想起這句話。

而一個想法馬上冒出來——

「這個地方充滿天使。」

接下來，她踏上回家的路。她感覺自己已經準備好，在這個盛大的夜晚，迎接她人生的第一份友誼。

實現四個願望的夜晚

她們毫無目的地漫步，同時安潔拉慢慢地訴說她這輩子最誇張的生命篇章，也就是最近的遭遇——

「我一直以為我是個無可救藥的浪漫主義者，控制不了自己的感覺。我在不動產公司工作一個月而已，已經愛上我的上司。可慘了！他馬上開始對我投射那種意味深長的眼神，用任何工作上的藉口，刻意製造我們私下見面的機會。不動產公司是跟同事偷偷約會的溫床，因為到處都是可以約會的公寓。有一天禮拜六早上，他約我到郊區的一間漂亮屋子，我一到那裡，他就坦白跟我說不會有任何可能的買家出現，他要求我陪他，因為他為我瘋狂，再也忍不住一定要告訴我。而我上鉤了！我像個傻瓜一樣對他投懷送抱！」

她們沿著一條窄巷走，在這裡，只有幾盞昏黃的街燈照明。

「當然，我從沒想過他可能在撒謊，或者他可能已婚。在我眼裡，他是這麼誠心誠意，這麼羅曼蒂克……這一切令人措手不及！我從來不曾像這樣不顧一切，陷入愛情泥沼。我一點也沒懷疑乍看像是美妙，實際上可能非常可怕。我真是驚訝。但是我付出一切，至少我在這一點沒有後悔。這是非常美妙的兩個月，約會不斷，加上他無微不至的體貼。

「最後可是殺得讓人措手不及和令人心碎。我想，這跟我們最後一次約會有關吧，我不小心說溜嘴，告訴他我會愛他一輩子，我想要跟他攜手創造一個未來。有些男人無法忍受聽到所謂的未來，我敢說這些話嚇了他一大跳。當然，這是合乎邏輯的：他已婚，儘管他從沒跟我講這件事。而且他有兩個孩子。儘管他不願意承認，他們才是他的未來。

「突然，有一天他到辦公室以後，變成了另外一個人。他的外表看似沒變，一樣討人喜歡，一樣帥氣，但是他的態度冷若冰霜。他開始把我當作普通的員工，就在我們共度一段時光之後！我忍了十五天，起先，我以為我辦得到。我要自己不要跟蹤他，不要對他大吵大鬧，畢竟我們都是成人，而他對我並沒有任何承諾。這是我自己之前沒注意到的，是我的問題……

「但是今天下午，我失控了。我親眼目睹他跟一個新來的女生打情罵俏，於是我打翻醋罈子，我衝進他的辦公室，做了我跟自己保證絕對不可以做的事——我大鬧一場，一把鼻涕一把眼淚。我想，他感覺芒刺在背吧，於是他馬上告訴我，他不得不考慮是否繼續留我在公司，因為我工作了三個月，連一層公寓都沒賣出去。最糟糕的是他一針見血。我對這份工作其實一點也不感興趣，我唯一感興趣的是他。因此，當我聽見他的話，接受他的解雇、遣散費，以及他在我背後輕拍的安慰：『我相信妳能找到一份比在這裡更滿意的工作。祝妳一帆風順。』」

安潔拉停頓半晌——她就快哭出來了，接著又說——

「我敢說，妳沒認識其他比我還蠢的人。」

伊莉絲停在她的面前，抱住她。她不是刻意的，她只覺得她的朋友需要一個擁抱。安潔拉感受到這樣出乎意料的溫柔，開始感覺好過一些，忍住了就要再一次潰堤的淚水。

此刻，天氣似乎更冷了。

在她們前面，巷子的另外一邊，有個地方點燃一抹溫暖的燈光，彷彿正在呼喚。大門是關上的，不過裡面人很多，像是在舉辦派對。

「我們可以進去瞧一瞧嗎？」安潔拉問道，她現在已經比較平靜了。

於是她們沒多考慮。一跨過門檻，她們就很高興自己的決定。這個地方正在進行現場演奏。一個樂團，包括一名鋼琴師，一名吉他手，跟兩名歌手——一個男孩跟一個女孩，在盡頭舉辦一場小型演出。她們穿過人群，尋找一個可以欣賞演奏的位置，最後走到吧臺旁的一個角落，然後安潔拉點了兩瓶啤酒。

伊莉絲閉上眼睛。她喜歡現在聆聽演奏樂曲的感覺，這彷彿能把她帶到遙遠的地方。

她專注地聽著他們唱的歌——

忘掉過去。
忘掉未來。
你身在無處，
也在每一處。

她們欣賞了將近一個小時的音樂演出，喝了好幾瓶啤酒，還跳舞，甚至應鋼琴師的要求大膽地跟著副歌哼唱。當表演結束，如雷的掌聲響起。她們玩得很盡興。

外面正下著滂沱大雨，氣溫降到非常低。她們決定留在裡面，再喝一輪。她們坐在一張桌子邊，這時樂師紛紛收拾他們的樂器。

「真奇怪，我以前很少踏進酒吧。」伊莉絲說，「現在，我生命中最重要的大事似乎都發生在酒吧裡呢。」

安潔拉一邊聽她講話，一邊直接用瓶口小口喝著啤酒。

「我也正在經歷變化的時間點。」伊莉絲繼續說，「但是我怕自己因為莫名的恐懼錯過了。生活，讓我感覺驚慌，但是我無法再忍受繼續現在這樣的生活。此外，我不知道該怎麼擺脫所有痛苦的回憶。我想，我正在轉變，變成一個尖酸刻薄的三十歲女人。」

她們繼續聊了好一會兒。店家關門之前，老闆還端來兩杯剛煮好的咖啡，放在她們的桌上。在杯盤上，放著兩個銀色的小東西。

「這是占卜未來的餅乾。妳們仔細看看包裝上的訊息。」

她們覺得這個遊戲很有趣，所以就拆開餅乾，閱讀印在包裝紙反面的訊息。

「我覺得我這個訊息應該是給妳的。」伊莉絲說。

「我也覺得我的這個是給妳的。」安潔拉回答，她讀出她已聽過的訊息，「要從過往了解人生的意義，可是唯有看向未來才能繼續活下去。妳從這裡，從這個餅乾可以找到對遇到的事的答案。」

「我這條訊息也能解決妳的問題。」伊莉絲說，然後讀出包裝紙上的字，「不要為結束的事哭泣；為存在的事微笑吧。」

「我們交換了命運。」安潔拉笑著說，「正好就是我們告訴自己要去做的事！」

「我要是妳的話，絕不會拿來交換。相信我，我的人生是一團亂。」

伊莉絲警告她。

「我也覺得我的是一團亂！」

她們兩個哈哈大笑。這是酒精的作用，她們都知道，儘管如此，她們還是停不下來，一直笑個不停，彷彿突然間變成瘋子。

老闆試著要她們遵守秩序，但是沒用，彷彿試著阻止兩個青少女在嚴肅的場合嘻嘻哈哈，但這只是讓她們笑得更加厲害。

「不要這樣，小姐們，安靜。」他對她們說，「我們再過幾分鐘就要打烊了，而且，妳們要注意外面正在下雪。」

這時，酒吧的音箱開始傳出一首她們倆都沒預料到的歌曲——

張大眼睛作夢
是在黃昏的祕密學校
可以學會的技術。

沒人吃冰淇淋的下雪天

「昨晚真是個神奇之夜。」伊莉絲一接起電話，便對奧利佛這麼說。

「是因為下雪嗎？」

「這是其中之一。我想，昨天到處都是天使，教人們如何飛翔，或者實現他們的夢想。你知道有些人相信這類事嗎？」

「真開心聽到妳這麼高興。太好了，因為我正想問妳要不要出來散散心。要嗎？總而言之，雪總是帶給我們好運。我知道我答應妳不要一直堅持，但是可不是每天都會下雪。」

「的確是這樣，可是今天早上我有事，不行。」

她感覺她的回答讓勇往直前的奧利佛幻滅，於是趕緊說——

「或許我們可以找個與世隔絕、布滿鐘乳石的地方吃午餐吧。」

她的話引起她想要的效果。奧利佛不安地笑，彷彿不太習慣接受邀約。但他接受提議，語調充滿歡欣，向她告別，約定幾個小時後再見。

伊莉絲的心情好多了——最近幾天發生一連串事情，但她仍掛心要去半人馬冰淇淋店一趟。此外，她感覺這件事不能再拖，彷彿在那邊會發生什麼改變。她無法想像她對那一刻的預感有多準。

她仔細穿上保暖外套，穿上橡膠底靴子，沒忘記戴上圍巾和手套，然後踏進白雪覆蓋的寒冷街道。她的城市變得美麗而陌生，彷彿為了某個特殊場合而刻意打扮。

伊莉絲決定徒步前往，享受這股寒冷，以及白雪帶來增添新鮮感的場景。她要去的地方不算太近，但是她想不疾不徐地散步過去。

但是，比起在化身成極地景色的地中海城市散步，挑在這樣冰天雪地的日子去一間冰淇淋店，反而比較不可思議。

半人馬冰淇淋店坐落在一條死胡同，木頭店招牌上的大大紅色字體，指示她到了正在尋找的目的地。此刻，百葉窗已拉下到一半，但是裡面透露燈光。

儘管如此，伊莉絲還是走到金屬大門前，舉起手敲了三下。敲門聲砰砰響起，彷彿宣告某件事的開始或是結束。

她聽見急促的腳步聲接近。半晌，電動百葉窗升起，伊莉絲的眼前出現了一個女人，她有著壯碩的身軀配上紅撲撲的雙頰。

「請問有什麼事嗎？現在沒營業。」

「我要找老闆。」

「我就是，我叫寶拉。」

「很榮幸認識妳，我叫伊莉絲。」

她們握手致意。女子微微瞇起眼睛，似乎想先打量她，才決定她可不可靠。接著她站到一邊，邀伊莉絲入內。

「請進，別站在那裡，外頭很冷。」

伊莉絲抖落靴子上的殘雪，然後踏進店內，脫掉外套。在她背後的女人再一次拉下百葉窗，接著走向吧臺後面。

冰淇淋店內空間很寬敞，漆上令人非常愉快的顏色。櫃臺處，擺了好幾個不同顏色的冰淇淋桶，架子上則有餅乾、甜點和各種形狀的巧克力。店裡的所有東西都很新。收銀機旁有個小桶子，裡面堆著幾十個白巧克力，跟引著她來到這裡的那個一模一樣。

「我們本來今天開幕，可是我想這種天氣並不恰當。」寶拉向她解釋。

「這是一間非常漂亮的店。」伊莉絲說，同時她暗暗問自己來這裡做什麼。

「很開心妳喜歡，因為妳是第一個客人。想吃什麼？讓我來招待妳。」

「不用不用，我不想麻煩妳。」

寶拉搖搖頭，臉上掛著微笑。

「一點都不麻煩。真的。來，說吧，我想妳應該不想吃冰淇淋。咖啡好嗎？或者熱巧克力呢？天氣這麼冷，這會是個好選擇。」

伊莉絲無法婉拒。當寶拉替她準備出乎意料的早餐時，開口問她怎麼會找到這個地方。

「可以說是某個非常認識我的人推薦的吧。他送給我這個。」她說，並拿出在那間倉庫找到的愛心白巧克力。

「老天。那個人應該非常貼心吧。我敢說我認識他。來過這裡的人不多，因為之前一直在施工。」

伊莉絲正打算問她有誰可能拿到這些愛心巧克力時，寶拉開口了——

「妳可能無法想像這裡本來是什麼模樣。那場大火摧毀了一切。」

「大火？」伊莉絲不解地問。

「對，妳沒聽說嗎？連報紙都刊登了！我來到這裡時，看到的根本是地獄場景。但也因為如此，我還負擔得起。我拿到很好的價錢，條件是要快一點開店，但是我跟妳保證，把這裡變成妳現在看到的樣子，一點也不容易。」

伊莉絲的視線再一次掃過四周，驚嘆完全沒有剛剛寶拉說的火災留下的任何跡象。

「過來，讓我給妳看看，當初我到這裡時的那個慘不忍睹的樣子，還剩下來的一點線索。」

寶拉邀她到店鋪後面。在這裡，有一堵磚牆開了一口木材爐子，爐子旁有個巨大的塑膠盆，裡面堆積著盆子和盤子，幾乎都已經破損。

「這是這一帶最棒的一間義大利餐廳剩下的模樣。根據客人說，這裡是社區最受歡迎的地方，我希望大家不要因為我在同樣的地點開店而討厭我。」

這一刻，伊莉絲的目光飄到餐具上。上面的圖案是兩條帶子，一條綠色，一條紅色，正是義大利國旗的顏色。而中央同樣色調的字母，讓伊莉絲立刻明白可怕的意義——

坎波里尼

她心跳加速，開口問——

「妳知道餐廳老闆在哪裡嗎？」

「我不知道……房東不敢告訴我，好像是害怕我有什麼反應。但是有人跟我說，他受傷了。好像是發生火災那晚，他在這裡。抱歉，我只知道這些。」

伊莉絲回到她等待熱巧克力的那張桌子，迅速地拿起她的包包。

「我得走了。」她說。

「希望妳改天沒下雪時再來。」寶拉跟她說再見。

但是伊莉絲幾乎沒聽進她的話。她突然間好想哭。她勉強擠出一句感謝的告別，像個幽魂遊蕩到回家。

當她走到半途，她發現她把愛心白巧克力放在桌上，可是她已經不在乎了。相反地，她覺得應該要這樣。

總之，不是所有的地點都適合遺失一顆心，即使是巧克力做的。

發出舊紙氣味的往事

只有舊報紙和寄出的信件保存了真正的往事。

伊莉絲在期刊閱覽室等待接待人員拿來她剛剛要的東西時——一個穿白襯衫和戴黑色膠框眼鏡的男子，正讀著這句話。

這個地方充滿舊紙和灰塵的味道。老舊的報紙集結成冊，一本本擺在覆蓋全部牆壁的大片玻璃櫃裡面。比較新的報紙則放在倉庫，此刻負責人正去找她要的東西。

「妳確定不從網路查嗎？」他交給她厚厚兩大冊報刊時問道。

「確定。」她回答。

「我就在旁邊的廳堂，有什麼需要，只要按鈴。」男子說完，接著進入一扇巨大的木門內。

伊莉絲獨自待在一片深沉的靜謐當中。

「開始吧。」她心想，同時打開兩大冊的第一冊。她開始讀七個月前的新聞標題。

這是個相當容易的查詢：這些報紙刊登當地新聞的顏色跟其他部分不一樣。她只需要一頁頁跳過，找到正在找的新聞——

一場大火夷平坎波里尼披薩餐廳

就在昨天凌晨，一場意外火災摧毀了地標坎波里尼披薩餐廳。大火是在凌晨兩點老闆關門之後，從其中一個用來烤披薩的木柴火爐開始燒起。這間餐廳也是因為披薩遠近馳名。火勢迅速蔓延，吞噬了廚房和木板牆。一名鄰居見狀報警，消防隊員在三十分鐘後趕到，這時災害已經不可收拾。

起先，大家以為這場火災沒有罹難者，因為餐廳已經關門。然而，根據消防隊員最後通報，餐廳的義大利老闆盧卡．坎波里尼在火災中身受重傷。他被緊急送往海洋醫院，生死未卜，這一切指向當火勢蔓延時，他留在他經營的餐廳後面睡覺。

標題上面有一張火災發生前的餐廳照片：大門在兩片大落地窗之間，門上插著一支義大利國旗，上面寫著盧卡的姓氏。這間餐廳在大家眼中，不但餐點可口美味，也是個共享歡樂時光的好去處。

伊莉絲讀到最後，差點無法呼吸。她一臉迷惑。她不懂，盧卡怎麼一點都沒跟她提起這些事？他甚至沒談到意外。此外，他跟她出車禍的父母都被送進同一間醫院，這真是個可怕的巧合。

這時她看向報頭，發現這兩起意外都發生在同一天：十一月八日。

於是她像個小女孩般放聲大哭。她再也壓抑不住。她逃出期刊室，留下桌上那一大冊打開的報紙，和東倒西歪的椅子。

她來到街上，攔下一輛計程車，要司機載她到海洋醫院。

「這只是個巧合，不應該讓我承受這樣的結果。」她一遍又一遍呢喃，看著車窗外被拋在後頭的街景。

她發現盧卡的披薩餐廳發生火災跟她父母過世恰好在同一天，幾乎是同一個時間。她悲不可抑。

當她遠遠地看見醫院的輪廓，她想起了在期刊室看到的那句話，於是她喃喃地說——

「或許該是時候了，毅然決然地拋下過去。」

揭開真相

當我們踏上曾經遭逢不幸的地方，永遠不可能擠得出勉強的微笑。

海洋醫院對伊莉絲來說，就是這樣的一個地方。她想起那天不幸的凌晨，聽到那青天霹靂的消息，一切彷彿昨日歷歷在目。

「這是海洋醫院打來的電話。您的雙親發生車禍，差不多一個小時前被送來急診室。」

伊莉絲半帶著睡意，半是驚嚇，只擠出游絲般的聲音問——

「他們還好嗎？」

而聽到電話另外一端傳來悲傷的聲音，她開始害怕事情不祥——

「我想當面通知您這個消息。」

前往醫院的這段路，是她這輩子最難熬的一段路程。她忐忑不安，心中有最糟糕的預感。她第一次感覺一種絕對的空虛和無措包圍自己。她的腦子裡，有個聲音不斷迴盪：「我會來不及，我會來不及。」

在這一刻，她清楚知道，她會需要花很久的時間，才能趕跑這些盤據心頭的感覺。

當她一見到值班的女醫師，就證實了她最糟糕的猜測。她再也沒有機會看見父母。他們被送進醫院後不久，就嚥下了最後一口氣，他們是一起告別世界的，一如他們一輩子都出雙入對。

當她再一次踏進此地，那些回憶掐得她無法呼吸。

她到諮詢櫃臺問一個看起來很孤僻的護士，燒燙傷病患是送到哪邊？

那女人問她——

「您是來看某位親人？」

「對。」她撒謊。

「去問走廊盡頭的那位護士。」她指指她的右邊。

她走到指示的地方，遇到跟前一位一樣不太友善的另一位護士，又問了同樣問題。

「您要探視的人叫什麼名字？」這位護士穿著綠色制服，是個上了年紀的女人，眼睛下方掛著明顯的眼袋。

「盧卡．坎波里尼。」伊莉絲說完又繼續開口，「你們可能讓他出院了。」

伊莉絲非常確定，因為她是在那場報紙報導的火災過後幾個禮拜才認識盧卡的。他的傷勢應該不是太嚴重。他可能只是嗆傷住院，因為她不記得在他臉上或雙手看到什麼燒傷痕跡。

然而，這間他曾經待過的醫院，是唯一能找到他的線索。

那女人敲了幾個按鍵，微微瞇起眼睛仔細看螢幕。

「妳確定是這個名字？」她問。

「沒有紀錄嗎？」

護士的視線越過眼鏡上方盯著她看。

「請等一下。」她說完，立刻消失在隔壁一間辦公室的門內。

伊莉絲單獨留在那兒，她焦躁不安，問自己究竟發生了什麼事。她想偷看螢幕，不過謹慎起見，她不敢這麼做。護士很快地回來，並要求她——

「請跟我來。」

她順從地跟在護士後面，沿著另外一條似乎沒有盡頭的走廊前進，走到一間白色牆壁的等候室，這裡擺滿一張張軟綿綿的沙發椅。

「請等一下，醫生馬上過來。」護士告訴她，接著就離開，留下她單獨一個人。

伊莉絲坐下來等待，她不知所措，緊張不安。驀地她感覺自己坐在這裡很可笑。找到盧卡的下落後，該怎麼做？問他為什麼要不告而別？跟他告白？她搖搖頭，突然一個想法浮現腦海：我得學會別讓自己那麼容易被沖昏頭。

正當她心不在焉地望著大門時，她似乎看到了一抹優雅瘦削的身影，頂著一頭白色長髮。他穿著白長袍，不過裡面是跟以往一樣老舊的衣服。她很確定那是魔術師。可是當她來到走廊，想仔細瞧清楚，那抹身影卻像是海市蜃樓，消失無蹤。

「難道我瘋了嗎？」她問自己。就在這一刻，醫生到了。

「您是伊莉絲？聽說您要找坎波里尼先生，您是他的親人嗎？」

「不是。我們是朋友。」

「了解。請坐。我想，您可能不知道發生了什麼事。」

醫生是個中年人，他有著光滑的下巴和一雙湛藍的眼眸。他看起來和藹親切，先稍微安撫了她一下。

「老實說，我有點訝異。」醫生對她說。「因為坎波里尼先生已經在這裡一陣子了，但是都沒人來關心過他。我以為他無親無故，當然，我很替他感到難過。人在遭逢困境時，不該是完完全全孤獨一個人，您說是吧？」

「當然不該是這樣。」伊莉絲說。

「因此，我想您的探訪代表一種賜福。雖然說太遲了，但知道有人想念著他真好。」

「雖然說太遲了？」她不解地問。

「這是最令人痛苦的一部分：真相是無法隱瞞的。」

醫生直視她的雙眼，伸出一隻手擺在她的手上。他似乎不太習慣宣布壞消息。或者說沒有人習慣這麼做吧。

「坎波里尼先生已經在兩個禮拜前過世。」醫生告訴她。

伊莉絲搖搖頭。

「可是……不可能。兩個禮拜前？不可能。」她神情堅決，搖了搖頭。「不可能的。」

醫生繼續解釋——

「他剛住院時，還有一絲絲希望，但最後還是不敵病魔。很少有人能熬過持續昏迷，即使是像他這樣還年輕的人。」

伊莉絲的雙眼開始充滿淚水。

「真的很抱歉。真希望我跟您說的能是個好消息。」

「哪一天……哪一天死的？」

「一個禮拜天下午。耶誕節假期過後的第一個禮拜天。」

伊莉絲清楚記得那個禮拜天。就是在那一天，她的人生開始改變。就是在那一天，她在「世界上最棒的地方就在這裡」咖啡館認識盧卡。也是在那一天，天使救了她一命，沒讓她從天橋跳下鐵軌。她清楚記得那時是幾點。

「讓我猜猜。」她說，聲音帶著顫抖，「他是在下午五點過世的。」

「沒錯。是我親筆簽下死亡證書的。」

伊莉絲感覺她得離開這裡，於是她吐出一句低得聽不見的「非常感謝」，接著匆匆忙忙告別醫生。她是如此神色匆忙，走出門口後，迎上風，感覺臉頰冰涼，幾乎沒聽見親切的醫生對她說的話——

「一個人只要有人為自己哭泣，就不再感到那麼孤獨。」

伊莉絲像縷遊魂，沿著走廊飄蕩。她的心跳從未跳得如此猛烈，淚水迷濛視線，讓她看不清前面的路。

突然間她感覺頭暈目眩，必須坐下來。她往右看到一間廁所，她沒多想就推開了門。

她很高興裡面是一片昏暗。她直接走向洗手臺，用冷水洗臉，讓自己清涼一下。她不想看鏡子中的自己，不願意見到自己的表情。接著她在一個角落找到一張長凳坐下來，閉上眼睛，深深地吸氣。

「一下子就過去了。」她對自己說。

接著她開始感覺好多了，彷彿遠離世界的塵囂，又或者彷彿開始領悟人生複雜的事物。

幸福是一隻會飛的鳥

「哈囉，伊莉絲，是我：盧卡。不要睜開眼睛。不要移動。有些事情只發生在現在，記得嗎？就像我現在要告訴妳的故事，這是一個結局不准人傷心的故事。這個故事可不誇張。讓我來告訴妳，就在妳要放棄找到動人之處卻找到它時，有多麼動人。所以，這是個歡樂的故事。

「想像一下，妳現在在一個房間，裡面有一個年輕的男人，他是妳的朋友，正在度過人生的最後幾分鐘。想像一下，妳抓住他的一隻手，祝福他，為他流下眼淚，真心吐露妳心碎了，妳會想念他。想像一下，僅僅是一秒過後，妳的朋友嚥下最後一口氣。他閉著眼睛，妳知道他正在跟妳道別，因為妳感覺到他的手稍稍用力握住妳的手。這是個溫暖的舉動，儘管難以察覺。此刻，妳知道妳最後的話能幫他抱著無比的快樂，平靜離開。

「妳現在或許還不知道，這個男人曾經盛氣凌人，這輩子只追求兩樣東西：女人跟金錢。從小到大，他屢屢讓所有身邊的人失望，起先是父母，他們多年來一直期待兒子能給他們最好的禮物：說他想他們。儘管他不配得到愛，卻在這方面比大多數人幸運。他認識了一個很棒的女孩，她真心愛他，而他卻不願承認碰到像她這樣的人，有多麼幸運。

「因此，他孤零零地告別人世，身邊只有那晚值班的護士陪伴身旁，一個他在此之前從未見過的人。他在最後一刻，彷彿置身在一條漫長的隧道，走向一簇如白晝般通亮的光，心裡頭想著：我希望有人能為我的死難過，為我掉淚。從前的他，肯定會因為這個想法臉紅，感到羞恥，認為這比較適合別人，但是不適合他。接著他喃喃自語：太遲了，自哀自憐有什麼用。

「可是他的故事最重要的部分正要開始，而且讓人難以置信。他並不孤單。隧道裡還有其他人。很快地，他碰到一對年邁的夫妻，一個外表寧靜的男人和女人，然而，他們似乎非常悲傷。他們告訴他，他們的汽車撞上一輛大卡車，之後他們被送進醫院，在那兒過世。

「聽著他們的聲音感覺相當怪異。那聲音不像是來自真實世界，而像是來自夢裡，彷彿是他想像出來的。他們聽說死人能偷跑到活人的世界。他們倆跟他解釋他們並不難過告別人世，難過的是無法跟他們在世上最愛的人告別，也就是他們的獨生女伊莉絲。

「『沒有道別就離開難以瞑目。』老先生說。

「老太太補充道：『要幸福，死者要能安心離開，活人留下來。』

「『對我們的女兒來說，所謂的幸福，一直像是一隻鳥。她害怕嚇到牠，讓牠飛走。』

「他們幾乎是同時說出這些話的，而且語調悲傷。

「那個剛剛斷氣的年輕男子明白了一件事：這兩個一輩子相依相偎的人此刻只在乎女兒的幸福。能有共同的想法真是幸運哪！即使是離開人世之後。

「接著他們倆消失了，或者說他沒再聽到他們的聲音。在這樣怪異的半夢半醒之間，一切都是不真實的。

「這個如夢似幻的相遇過後，年輕男子學到了他這一生最重要的一個教訓。他知道他的人生完全缺乏意義，因為他不曾讓任何人幸福。他許下一個不可能的心願：他真希望有機會加以彌補。

「這時發生了一個更奇怪的事。不知怎麼著，他來到一個似乎充滿魔法的地方。在這裡，他遇見一個善良的女孩。當女孩說出她的名字，他便明白這是他的第二次機會，他得加以利用。他不僅僅得到機會，也能完成那對擔心獨生女未來幸福的父母的遺願。當他任務結束，他會永遠告別人世。因此，他告訴自己要盡全力，儘管他不會完全知道結果是如何。妳現在應該說說看，他做得好不好，還是他一敗塗地。」

伊莉絲的眼眶充滿淚水。

「是他們派你來的……」她聽見自己說道，聲音彷彿從遙遠的地方傳來。

「你讓他們放心離開，也救了我的命。我想在跟你說再見之前，先和你說聲謝謝。」

她又開口：「你走了嗎？」

但是她沒聽見回答。突然間，伊莉絲聽到廁所門打開的聲音。有人打開電燈。她迷迷糊糊，看向一個穿著藍色工作服的肥胖女人推著一座巨大的清潔推車，來到她的面前。

「真抱歉……」陌生女人支吾，接著她仔細看著伊莉絲的臉，問她：「您還好嗎？」

「還好，還好……」伊莉絲猛然站起來。「我不知道怎麼了，我有點頭暈，不過現在好多了。」

冰冷的空氣拉她回到真實世界，這時她擦乾臉頰上殘存的淚水。她叫了一輛計程車，要求司機開往沿海的那條大道，她想看看奧利佛帶她去看的那間公寓。她希望靠近幸福，但是要慢慢地來，不要莽撞。

「不要看到我就害怕地飛走。」她心想，然後她返回了那個已經不像她家的家。

把人生打包進搬家箱子裡

「伊莉絲，親愛的，我是安潔拉。還記得那位來看妳的公寓的德國人嗎？那位個子高得不得了的先生？他打電話給我，說他想買公寓。他同意售價，急著想買下。可憐的傢伙，他不知道我已經不在不動產公司工作了。總之，我的蠢蛋前老闆會打給妳，告訴妳這件事。我只想說，如果妳需要人手裝箱，我願意幫忙。我希望妳知道我這輩子最擅長的是打包人生，雲遊四海。哦！恭喜妳！」

第二個訊息是不動產公司打來的：一個男人的聲音，語調嚴肅不帶感情，通知她剛剛安潔拉說的事，接著還說——

「買家要訂購家具，所以想再看一次公寓。我們等您的回電，開始辦理手續。」

最後一通留言是奧利佛。他的聲音無精打采。

「哈囉，公主。我知道我的缺點之一，就是沒注意自己變得太煩人。非常抱歉，我不想要妳這麼快討厭我。我只想告訴妳，我這麼死纏爛打，是因為我覺得妳是我認識的女人當中，最與眾不同的一個，最特別的一個……瞧？我又來了！我真是學不會教訓，即使被拋棄……總之……好好照顧自己，快樂一點，這個世界少了妳會是一個多了悲傷的世界。」

奧利佛的留言讓她心跳加速。這一天發生了太多事，她壓根兒忘記她的午餐約會。突然間，她想像他杵在她家門前一等好幾個小時，問自己到底發生了什麼事——正如她剛剛聽到的，他在放棄之前自個兒得出結論。就在這一刻，她開始對他有了一點感覺……

「儘管如此，他還是用溫柔的字眼。」伊莉絲心想，一股佩服之意油然而生。

但是在處理奧利佛的事情之前，她有其他事需要解決。她抱著堅定決心，撥下不動產公司的電話，指名找他們的老闆。對方接了電話，語調跟她剛才聽到的一樣毫無變化。伊莉絲努力讓聲音不要顫抖，並說——

「我希望由第一次帶人參觀的那位女房仲，帶客人過來。」

不動產公司的老闆用一種男人自信滿滿的聲音，跟她解釋她說的人已經離開公司了，但是會由另外一位親切的房仲負責。

伊莉絲沒等他說完——

「我覺得換另外一個人有失公平。那個女孩，我不記得她叫什麼了……」

「安潔拉。」他說。

「沒錯，安潔拉。我覺得她的服務非常好。換人實在不太好，這是她的功勞。」

現在，這個男人的語調微微改變。他開始緊張了。

「很抱歉，但是這是不可能的。我已經告訴過您，安潔拉離開這裡了。」

「那麼，我寧可不賣房。告訴您的客人說我改變主意。再見。」然後她掛上電話。

她不習慣這麼粗魯，兩隻手還在發抖，但是她相信這個賭注會有好的結果，安潔拉會得到她應得的東西。當然，那個害她丟工作的男人會打電話給她。

她等著電話再次響起，但是並沒有如她預期。海盜在她旁邊，用詢問的目光看著女主人，而伊莉絲盯著電話瞧。她似乎在問自己究竟在做什麼。

「現在換你了。」她拿起項圈，對狗兒說，「我們去散個步，但是這一次不會太久喔。」

雖然這次散步根本不夠海盜稍稍伸展四肢，滿足奮力奔跑的渴望，但是牠已經滿意了。幾分鐘後，當他們回到家裡，狗兒似乎了解這真是個奔波忙碌的一天，女主人得忙其他事情。

伊莉絲鑽進浴室裡，沖個恢復精神的澡。當她準備踏出浴室時，電話響了。是安潔拉——

「可以告訴我，妳是怎麼辦到的嗎？」

「妳是指哪件事？」

「他打電話給我了！他打來跟我道歉，說應該由我來完成妳的公寓的出售案。我想這要多虧妳！」

伊莉絲裝出驚訝的口吻說——

「我？怎麼會，跟我一點都沒關係。我想是他反悔了吧。不是聽人說，男人到最後總是會回頭嗎？」

安潔拉似乎不相信她剛剛聽到的回答。

「讓我請妳吃晚餐？我要好好謝謝妳。」她問。

「我今晚有其他事。」伊莉絲回答，「但是我想拜託妳一件事。」

「說吧。我一定會答應。」

「妳還有那把我們去參觀的那間倉庫的鑰匙嗎？」

「很巧，我的確有。我親愛的上司那天炒我魷魚，我根本忘了要還他鑰匙。」

「不知道為什麼，我可以想像。」伊莉絲說，「能不能——」

安潔拉根本沒等她說完——

「沒問題！我們什麼時候過去？」

「妳今天凌晨有空嗎？凌晨兩點。」

電話另一頭傳來安潔拉的笑聲。

「妳是我認識的最怪的人，但是放心，為了像妳這樣的朋友，值得熬夜不睡。」

伊莉絲急急忙忙穿好衣服，同時腦子裡不斷飛舞著安潔拉說的那個字——朋友。這是第一次有人把她當作朋友，不知道為什麼，這讓她快樂得快要飛上天。

溫馴的海盜趴在地板上，斜睨著看她，同時發出長長的響鼻聲。牠知道今晚不會是一個兩人相伴的平靜夜晚。

伊莉絲到了玄關，手裡拿著鑰匙，回頭看牠一眼，露出燦爛的微笑對牠說——

「祝我好運吧！」

當她關上門時，她又打開，並說——

「我要好一陣子才回家。我允許你可以在那張老舊的醜地毯上撒尿，這樣一來，我就不用把它帶去新的公寓。」她說，並摸摸牠的頭。

出門之前，伊莉絲看了她的家最後一眼，她明白了這是屬於她前輩子的東西，現在她唯一想裝進搬家箱子的只有這條耐心等待的狗和她自己。

只差奧利佛，一切就圓滿了。

尋找永恆的完美

「我想應該可以在這裡找到你。」伊莉絲對著接通流浪動物之家自動對講機的奧利佛說，「如果你接受我的道歉，我就邀請你吃晚餐。」

「當然，公主，我馬上下去。」

奧利佛看來無精打采。他的雙眼不再像之前一樣閃亮，他的微笑比以往還要牽強。

「我真是笨。我太執著尋找遠在天邊的東西，忘記幸福其實就在眼前。」

「我在大阪時，曾經記下一首富安風生（Fusei）的俳句，我一直很喜歡：『夜晚的櫻桃樹，我越是遠離，越是會回來看它們。』對了，妳知道什麼是俳句嗎？」

「當然知道！」伊莉絲回答，「我還寫過一首。」

這句話似乎逗得獸醫很開心，他的表情不再那麼黯淡了。

「妳真是讓我驚喜不斷！這樣一來，值得再去另一間日本餐廳。那裡非常特別，妳想去嗎？」

奧利佛帶她到城中心，他們把汽車停在一座停車場。接著他們穿越城市隱祕的巷弄，也就是觀光客不可能會走的路線，甚至連當地人都害怕鑽進的地方。到了其中一條巷弄，拐個彎，他們看到一扇簡樸的木頭門，一旁只有一盞紅色紙燈籠看守。

「就是這裡。這裡連名字都沒有。老闆喜歡我們常客用日語的『祕密』稱呼這裡。與其說這裡是一間餐館，不如說是個祕密社團。我們這裡的所有人都彼此認識。」

一進門，伊莉絲便明白這裡相較於其他地方，是多麼與眾不同。奧利佛指示她脫掉鞋子，擺在門邊。接著，他微微致意，跟一個守在前廳的日本老太太打招呼。他們跟在她後面，來到一個迷你廳堂，這裡只有三張木桌，另外一對男女坐在其中一張桌邊。

牆壁上掛著一張張日本版畫，詮釋的是波濤洶湧的海洋和富士山頂的積雪。

「我決定要租下你帶我參觀的那間公寓。」伊莉絲說，「當然，若是你的朋友還願意的話。你說得沒錯，那間公寓是我夢寐以求的住所。」

奧利佛從口袋裡掏出手機，打電話給他的朋友，也就是公寓主人。兩分鐘過後，她已經能入住公寓了。

「我會幫妳搬家。」他興致勃勃地說，「我可以發揮所長！」

伊莉絲心想，這是短短兩個小時內，又有人自告奮勇幫忙吃力不討好的事。一個人能有兩位願意幫忙搬家的朋友，已經不再孤單。

「我要搬走的東西不多，所以沒什麼東西要打包。我想聽從一個懷錶給我的建議。」

奧利佛一臉訝異。

她從口袋掏出那個時間停留在十二點整的懷錶，放在桌上。

「這是個神奇懷錶。這個錶可以說是在走動，但同時又沒走動。錶的裡面有一段刻字說：放下過去，現在就會啟航。你不覺得這是個非常神祕的老東西嗎？」

奧利佛把懷錶貼在耳邊——

「有聲音。」

「那是來自另一個世界的聲音。」伊莉絲說。

「或許是比另一個世界還要遙遠的地方，就像是我們現在所在的餐館。」

在入口接待他們的老太太在桌上放下兩碗味噌湯、一碟綠色豆莢。

「這叫毛豆。」奧利佛解釋。「一種日本人最愛的開胃小菜。跟綠色菜豆頗像，但這其實是豆漿的原料。只吃裡面的豆子。」

伊莉絲跟著他吃。她拿起一個綠色豆莢，用牙齒咬下去，讓裡頭翠綠的豆子迸出來。豆子熱熱的，帶點鹹味。

「在日本，很常見拿著一盤這種蔬菜坐在電視前。」奧利佛說，同時拿起一個遞到嘴邊。「當然，吃這個一定比吃爆米花健康多了。對了，妳說妳有三個好消息要告訴我？妳只說了公寓的事，那其他兩個是什麼？」

「第二個是我的清單上面只剩下兩件事要完成。正如你所說的，惠比壽啤酒帶給我好運。」

奧利佛舉起手，叫來女服務生，講話的語氣顯示他心情很好。

「我們要兩杯惠比壽啤酒，很急。」

接著他回頭看向伊莉絲說——

「我們得乾杯祝福妳清單上還沒完成的兩件事。對了，是哪兩件？」

伊莉絲發覺奧利佛臉上的沉重已經一掃而空。此刻，他似乎年輕許多，變回那個她還是青少女時在山區旅館認識的男孩。

他們點的啤酒跟兩個深色的瓷杯一塊兒送到。

「我還要染紅髮。」伊莉絲笑著說。

奧利佛舉起杯子。

「讓我為妳日子剩下不多的栗色頭髮乾杯。」他用誇張的語氣說，同時杯子碰撞聲響起，兩人喝了一口。「那麼另一個呢？」

伊莉絲垂下眼。

「最後一個，我保留。或許你之後會發現吧。」

「我喜歡祕密！」奧利佛興致勃勃。「妳打算何時告訴我？」

接下來的晚餐時間，他們聊了好多，品嘗了鮭魚壽司捲和鮪魚生魚片。當服務生收走最後的碗，伊莉絲用彷彿日本料理專家的口吻說話，並對他擠擠眼。

「現在只剩下茶。結束總會到來，就像是死亡。」

「沒錯。」

女服務生在桌上擺上兩個質感樸實的杯子，顏色不同，同時在旁邊放置一個有濾網的鐵茶壺。

奧利佛非常慢地注滿伊莉絲的茶杯，同時對她說——

「妳知道在日本認為學習茶道需要的技巧，受用一生。」

伊莉絲挑起眉毛，露出訝異的表情。

「一場嚴謹的茶道需要進行四個小時。而且，不只要懂茶，還要懂點心、花道，以及一種複雜的動作和答案。我在某處讀過，這套儀式的創始者生活在十六世紀。他應該時間很多！他叫千利休（Rikyu），我想我沒記錯，他以一句話定義茶道精神：一期一會。這位茶道師認為每一次跟人喝茶都是一次獨一無二的機會，無法重來。茶道的美就是源自這裡。」

「那麼，只有獨一無二才能是美的？我覺得這不公平。」

「萬物都是獨一無二的！如果妳仔細觀察，妳會發現大自然沒有任何事物是完美的：只要是自然的東西，一定不對稱，一定有結束日期。沒有任何事物是完整的，全像大雜燴一樣在一個叫現實的大鍋裡熬煮。這裡，沒有結束，依照日本人看來，人生的美就是源自這裡。他們稱呼這個是侘寂。不完美的，臨時的，不完整的。所有值得的都是侘寂。」

「我看，你在日本不只學獸醫學。」伊莉絲佩服地說，「可以舉個清楚說明侘寂的例子嗎？這個茶壺算嗎？」

「應該說這些碗算是。」奧利佛讓她看茶碗。「它是天然黏土燒製的，表面不規則，隨著使用磨損，但是這樣反而更漂亮。這就是侘寂。」

「就像頓晚餐。」伊莉絲低聲說。

奧利佛直直地望進伊莉絲的眼睛，彷彿時間靜止，彷彿整個世界跟那個放在桌上的老懷錶一樣暫停。伊莉絲的心撲通狂跳。她有一種奇妙的感覺，奧利佛這樣看著她，好似正透視她的靈魂，而她對他也是。

「妳記得我上次跟妳說的？把妳比擬為一碗白米飯？」他說，「我跟妳解釋過，白米飯因為自然，因為簡單，所以珍貴，能吸飽生命的所有味道？公主，妳就像白米飯。妳就是侘寂。純淨的侘寂。」

他說完這句，深受感動的兩人默默地注視彼此好一陣子。他們從注視變成親吻。當他們的嘴唇碰在一起時，世界消失了。當他們分開來，心還加速狂跳。伊莉絲對他說——

「我有個東西要給你。是個非常簡單的東西，但是傳達了我所有的感受。」

她從包包裡拿出一張紙。

奧利佛打開，唸了出來。

筆在右邊，

心在左邊，

而你無所不在。

「這張紙縐巴巴的。」奧利佛說道，但他捧著紙張的模樣，彷彿當那是寶物。

「這張紙繞了好長一段路才找到真正的主人。」

在他能回答什麼之前，伊莉絲再一次吻他，繼續說——
「我只剩下一個需要完成的願望。」

人生是一條單行道

在這一段充滿發現與感動的人生旅程劃下句點以前，她還得回到一個非常特殊的地方。

她跟安潔拉約在「世界上最棒的地方就在這裡」曾經坐落的地點的那個轉角見面。她有好多事想告訴她，但是她得先緩一緩新消息，她問安潔拉——

「妳跟我說過妳以前當過美髮師，是真的嗎？」

「是真的。」

「妳可以幫我染紅髮嗎？妳覺得我換紅髮好看嗎？」

「好看極了！這是個好主意，我明天就去買染髮劑。」安潔拉說道，這時她用一支生鏽的大鑰匙打開倉庫大門。

當安潔拉正要進去裡面時，伊莉絲阻止她。

「妳介意讓我一個人進去嗎？」伊莉絲問，「我需要再——」

「妳不需要跟我解釋。」她打斷伊莉絲，「我們之間不用這樣。我在這裡等妳，需要任何幫忙的話，就吹口哨！」

這個老舊的廠房只有從街上幾盞路燈透進來的燈光照明，她再一次訝異這裡竟然找不到那間咖啡館的一丁點蹤跡，畢竟她在那兒跟盧卡度過了那樣美好的時光，儘管她此時此刻的心境跟之前不再一樣。

地板上的灰塵，隨著她的每個步伐揚起，而她的腳步聲，在裡面迴盪。這座倉庫跟上次來參觀時一樣殘破，不過這一次她沒找到任何桌子，上面也沒有什麼熱巧克力等著她。她也找不到那個堆滿「舊帳」包裹的貨架。

伊莉絲停在這一片空蕩蕩的中央，等待幾秒。什麼都沒發生。她數到十，到二十，到五十，到一百……她不願意空著手離開。她數到累了，感覺自己有點可笑。慢慢地，當她的眼睛習慣這裡，漆黑也跟著消失無蹤。這裡的靜謐跟上次一樣如此沉重，唯一劃破的，只有她的那個神奇懷錶發出的細碎滴答聲。

突然間，失望湧上心頭。她白費工夫跑來這裡一趟，卻什麼都不可能發生了。她真笨！竟然相信事情會是相反的。

她的視線最後一次掃過四周，當作道別，接著她邁開步伐準備返回門口。她有把握安潔拉會不停質問她，但是她卻無法回答。

就在她已經握住門把時，一個尖銳的聲音嚇了她一跳。

「妳發現了是什麼永遠發生在現在嗎？」

她能在數以千計的聲音當中，認出這一個聲音。這是魔術師的聲音。

他那頭白髮猛然從一片漆黑中冒出來。

「除了魔術之外嗎？」伊莉絲問。她很開心能再次遇到他。

「比魔術重要多了。」

「只有快樂比魔術重要。」

「賓果！」他低呼，而且從非常遙遠的地方傳來像是敲鑼打鼓的聲音。「各位先生女士，請你們替我們這位勇敢的來賓熱烈鼓掌送別。」

這時，她似乎聽到從遠處傳來掌聲，而魔術師再一次做出那誇張的敬禮，露出快樂的微笑。

伊莉絲想起他告訴她的話：「重要的是熱烈的掌聲。」

「我回來只是想看看能不能遇到您。我似乎在醫院看見了您。那是您，對吧？」伊莉絲說。

「我們每個人都應該要去一次讓我們悲傷的地方。」他嚴肅地回答。

「從悲傷能學到很多東西。所以，關於這間咖啡館……妳剛好趕到。我正要離開了。」

「您要去哪兒？」

「去任何地方。一位魔術師到哪兒都受歡迎。我們的技法是不分國界的，妳不覺得嗎？」

「我想跟您道謝。我想，我遇見盧卡了。您應該知道他死了，是吧？」

「當然，親愛的。人生是一條單行道。」

「您也知道我的爸爸媽媽還來不及道別就離開了。這讓他們離不開，我也無法快樂。」

魔術師嘴角上揚，彷彿微笑是最好的回答。

「我不再害怕死亡。」伊莉絲說，「我不再像從前一樣認為這很悲傷。」

「真是太好了。死亡只有對那些鼓不起勇氣活下去的人而言才是悲傷的。」

「而最棒的是，我也不怕未來。」她繼續說。

「放下過去，現在就會啟航。不是嗎？您的懷錶說得很清楚。」

「還有些事我不懂，還一直在思考。」

魔術師打了一個手勢，要她繼續說下去。

「為什麼咖啡館已經不在原本的地方？我不懂這樣的地方怎麼可能一夕之間消失無蹤？」

「妳不懂，是因為妳問了錯誤的問題。」魔術師非常平靜地說，「問題不在於咖啡館為什麼消失，而是為什麼在妳第一次進來時出現。」

伊莉絲聳聳肩，表示她毫無頭緒。這一切讓她覺得置身五里霧中。

「妳記得第一次找到『世界上最棒的地方就在這裡』的那個下午？」

「當然記得。那是我人生最悲傷的下午之一。我整個腦袋瓜裝滿奇怪的想法，我如果告訴您，那天下午我企圖自殺，您會嚇一跳嗎？」

「當然不會，因為我的顧客的腦袋裡都有這種想法。他們正因為如此，所以是我的顧客。」

伊莉絲詫異剛剛聽到的話，思考了一秒。

「這麼說……『世界上最棒的地方就在這裡』是……」

「是一個過境。」魔術師說，「用另外一種方式來說，那裡是一間等候室吧。在那裡，等待的是準備前往另一頭的人。古希臘人相信，人在死後都得搭上一艘船渡過一座湖，高手掌舵者是個脾氣古怪的人。如果認真對待他們的說法，可以說那座咖啡館就是一艘船吧，而我就是掌舵者。」

「所以，咖啡館裡的顧客都……」

「咖啡館裡的顧客都是過境旅者。別這樣看我，沒錯，他們都死了。」

「那麼，我怎麼沒在他們當中找到我的爸爸媽媽？」

「不是每一個人都需要等待過境。有些人很容易就到另一頭去了。此外，我知道他們要盧卡來解決他們的舊帳。多虧妳，他們平靜地離開了。盧卡也是。」

「但是我沒死。」

「沒錯，但是妳當時厭世。妳說過妳想結束生命。」

「您的意思是，我如果不是想自殺，如果有計畫跟活下去的渴望，咖啡館永遠不會因為我而出現？」

「不完全是這樣。我的意思是，咖啡館是因為那樣而消失的。」

就在這一刻，遠處響起一曲旋律。伊莉絲專注聆聽，那歌詞跟曲調都似曾相識，彷彿在哪兒聽過。或許是她曾經聽人提過這首歌——

一個天堂又一個天堂
我們的翅膀逐漸茁壯
當你戀愛時
這個世界是如此完美

「時間到了。我該走了。」魔術師說著，並走向廠房的後方。

「我還沒問你懷錶的祕密是什麼！」

魔術師的聲音再一次傳來時，似乎人已經在非常遙遠的地方。

「伊莉絲，沒有什麼秘密。就讓現在啟航吧！」

她尋找他在黑暗中的身影，可是已經辨不到了。魔術師消失了。這一次，她確定他是永遠消失了。

伊莉絲彷彿想捉住那個地方和那些曾在裡面的人的最後的東西，她找出懷錶，看著它。

這時她發現了。

秒針開始沿著錶面走動。

她把懷錶湊到耳邊，訝異地聽著人生強勁的滴答響聲。

現在已經啟航。

後記

伊莉絲幾乎在陽光曬進新家的那一刻，睜開雙眼。這是她住在這裡的第一天早晨，還不太適應。她也還不習慣海洋美景，此刻正伴著嶄新一天的光芒，波光粼粼。

她夢見盧卡。在夢裡，他穿著一身白，走在一間非常明亮的房間裡。他走向她，輕輕地吻了她的嘴唇，對她說——

「謝謝妳，我永遠不會孤獨。妳也不會孤獨，因為從現在開始，我將是妳的守護天使。」

醒來以後，她還能感覺留在嘴唇的酸甜滋味。她感覺不安，彷彿回憶盧卡，就是對另一半不忠。一睜開雙眼，她第一個想到的是奧利佛。要是他知道她的夢，會說什麼？他對於盧卡再一次出現在她的腦海，告訴她他會守護她的幸福，會怎麼看待？還有她的最後幾個決定，若是錯誤的呢？她其實不該住進這間公寓？

當她稍微平靜下來，一股清楚的香氣撲鼻而來。她沒下床，而是躺在那兒凝視光線在屋頂勾勒出的一格格四邊形。很快地她試著分辨那是什麼氣味。這很簡單。是巧克力的氣味。

她立刻跳下床，望向小夜桌。就在那裡！一杯冒著熱氣的巧克力，像是剛泡好的一樣，瓷杯表面還有刻字。

她的心怦怦猛跳，上面的字寫著——

世界上最棒的地方就在這裡

致謝

感謝蘿西歐・卡莫那，她喜愛這本書，也是本書的編輯，賦予了神奇咖啡館生命。

感謝愛德華多・艾斯提韋爾醫生分享鸚鵡故事，還有他這麼多年來的樂觀向上以及友誼。

感謝喬門・羅斯洛，他是神師以及《茵蒂葛的旅行》（Los viajes de Índigo）一書的編輯。

感謝導師旅館樂團，替這篇故事的許多場景提供了背景音樂。

感謝各位讀者，跟著我們在夢想咖啡館的桌邊坐下來，為這篇故事感動。

GroWing 27

世界上最棒的地方就在這裡

El mejor lugar del mundo es aquí mismo

世界上最棒的地方就在這裡/法蘭西斯科.米拉雷斯, 凱莉.桑多絲作; 葉淑吟譯. -- 初版. -- 臺北市 : 春天出版國際文化有限公司, 2024.04
面； 公分
譯自 : El mejor lugar del mundo es aquí mismo
ISBN 978-957-741-817-3(平裝)

878.57　　113001760

ISBN 978-957-741-817-3
Printed in Taiwan

作　者　法蘭西斯科．米拉雷斯&凱莉．桑多絲
譯　者　葉淑吟
總編輯　莊宜勳
主　編　鍾靈

出版者　春天出版國際文化有限公司
地　址　台北市大安區忠孝東路4段303號4樓之1
電　話　02-7733-4070
傳　眞　02-7733-4069
E－mail　bookspring@bookspring.com.tw
網　址　http://www.bookspring.com.tw
部落格　http://blog.pixnet.net/bookspring
郵政帳號　19705538
戶　名　春天出版國際文化有限公司
法律顧問　蕭顯忠律師事務所
出版日期　二〇二四年四月初版

定　價　310元

總經銷　楨德圖書事業有限公司
地　址　新北市新店區中興路二段196號8樓
電　話　02-8919-3186
傳　眞　02-8914-5524
香港總代理　一代匯集
地　址　九龍旺角塘尾道64號 龍駒企業大廈10 B&D室
電　話　852-2783-8102
傳　眞　852-2396-0050